Het smalle pad van de liefde

Van Vonne van der Meer verschenen eerder

Het limonadegevoel en andere verhalen (1985)

Een warme rug (roman, 1987)

De reis naar het kind (roman, 1989)

Zo is hij (roman, 1991)

Nachtgoed (verhalen, 1993)

Spookliefde (novelle, 1995)

Weiger nooit een dans (toneel, 1996)

De verhalen (1997)

Eilandgasten (roman, 1999)

De avondboot (roman, 2001)

Laatste seizoen (roman, 2002)

Ik verbind u door (roman, 2004)

Take 7 (roman, 2007)

Zondagavond (novelle, 2009)

December (verhalen, 2009)

De vrouw met de sleutel (roman, 2011)

VONNE VAN DER MEER

Het smalle pad van de liefde

ROMAN

Uitgeverij Atlas Contact
Amsterdam/Antwerpen

© 2013 Vonne van der Meer

Omslagontwerp Nanja Toebak

Omslagbeeld Andy Taylor Smith/Corbis/Hollandse Hoogte

Foto van de auteur Annaleen Louwes

Typografie binnenwerk Suzan Beijer

Drukkerij Ten Brink, Meppel

ISBN 978 90 254 4123 4

D/2013/0108/584

NUR 301

www.atlascontact.nl

★

Hij moest naar zee. Dat er genoeg wind stond wist hij al voor het eerste bericht van een surfvriend in het scherm van zijn mobiel verscheen: 'wind N/NW 18 knopen. Kun je weg?'

De dubbele ramen van zijn kantoor lieten geen zuchtje door. Ze keken uit op een binnenplaats, beplant met gladgeschoren buxushagen. Niet één ruisende boom die zijn bebladerde takken uitspreidde en fluisterde: Naar zee, naar zee met jou, Floris... Toch voelde hij het in al zijn vezels: ideale surfdag. Iedere keer wanneer hij uit een dossier opkeek naar de grijze lucht boven de daken waar de wolken elkaar achterna snelden, opjaagden maar nooit inhaalden, werd hij onrustiger, alsof hij koorts had. Een opwinding die werd versterkt door het besef dat hij niet weg kon, tot kwart voor vijf zat hij vast aan afspraken die al weken geleden gemaakt waren. 'Don't stop me now,' zong Freddie Mercury in zijn hoofd, steeds smekender, dwingender. Gedachteloos stak Floris zijn pink in zijn mond en riste een nagel af.

Hij aarzelde tussen IJmuiden en Wijk... 18 knopen... Hij moest naar Wijk, zo snel mogelijk. Met deze noorderdeining was het daar perfect. Gisteravond was de wind al noordwest gedraaid, de golven hadden alle tijd gehad om zich op te bouwen. Goeie kans dat het de laatste keer was dit seizoen. Het was alweer half oktober, vanaf november ging hij het water niet meer in, en lagen planken en zeilen in plastic gewikkeld met touw eromheen voor lijk naast de schuur. Vanaf 1 november hield hij een winterstop, dat was de afspraak met Françoise, want dan koelde de zee snel af en werd de kans op kramp te groot. Dan waren er zelden andere surfers op het water, en wie moest hem dan helpen als hij ver uit de kust van zijn board sloeg en door kou bevangen raakte.

Hij zoog zijn onderlip over zijn tanden en kauwde een gevoel weg dat hij maar zelden had: heimwee naar de tijd dat hij nog vrijgezel was. Toen surfte hij de hele winter door, ook als de schuimvlokken langs de vloedlijn niet te onderscheiden waren van besneeuwde kammetjes stuifzand. Toen hoefde hij niet te schipperen met zijn tijd en mekkerde hij niet over een gemiste kans. Hij rechtte zijn rug, nee, het kwam niet door Françoise, of door hun gesprekken over verantwoordelijkheid en dat een vader niet gemist kon worden. Het was vanzelf gegaan, met de komst van de kinderen was hij voorzichtiger geworden. Toen hij Lucie, de haartjes nog vruchtwaternat, van de buik van zijn vrouw had getild en in zijn armen nam, voelde hij het in zich varen: ik wil voor jou zorgen zolang ik leef. Zolang jij me nodig hebt, mag ik niet dood. Vanaf die dag kwam hij 's winters alleen nog op het strand om uit te waaien, en familie.

Floris klikte zijn agenda aan en staarde naar wat hij al wist: om halfvier had hij zijn laatste afspraak, een gesprek dat zelfs als hij de druk op de ketel hield zeker een uur duurde. Hij had die afspraak met opzet vroeg gepland om bijtijds thuis te zijn en vrouw en kinderen mee uit eten te nemen. Zeven jaar getrouwd alweer, dat moest gevierd. Alles wat maar even gevierd kon worden vierden ze, ook al was het midden in de week. Om halfzes zou hij Françoise en de kinderen in Oase treffen. Van surfen na kantoortijd tot het donker werd kon vandaag geen sprake zijn, no way, maar die laatste werkafspraak, daar kon hij misschien toch wel onderuit. Hij herinnerde zich een flard van een telefoongesprek: zijn cliënt was getrouwd, vader van jonge kinderen. Vrouw wilde niet scheiden, hij wel en

snel want zijn vriendin werd met de dag ongeduldiger. Hij ging hem afzeggen, uitstel was in dit geval
geen plichtsverzuim, maar een morele daad. Zo
kreeg de jonge vader nog wat tijd om af te koelen.
Heus, ook voor zijn cliënt was het beter dat Floris
vanmiddag ging surfen.

De witte pluimen uit de Hoogovens aan de overkant
dreven haaks op het Noordzeekanaal af. Er stond
maar één auto op de parkeerplaats, een oud Volkswa-
genbusje. Waarschijnlijk was iedereen toch naar
IJmuiden gegaan: met de dam bovenwinds had je
daar minder last van de stroming. Hij hoopte op
mooie golven en niet te veel wind, maar door dat ene
busje twijfelde hij of hij wel goed gegokt had.
    Met zijn hand boven de ogen tuurde hij over zee,
maar vanaf de parkeerplaats kon hij de windkracht
niet goed schatten. Meestal liepen hier wel een paar
surfers rond die net uit het water kwamen en hem
konden vertellen hoeveel wind er stond. Dan wist hij
welk zeil hij op zijn board moest zetten, de 5.3 of de
4.7. Als hij pas op zee ontdekte dat hij te zwaar in het
zeil zat was het te laat. Dan moest hij weer het hele
eind terug het strand over, langs de pier naar de auto,
om zijn materiaal aan te passen.
    Met een paar treden tegelijk rende hij de stenen trap
op, naar het uitzichtpunt. Het gebeurde vanzelf: zodra hij zee rook ging hij harder lopen. Nog voor hij

boven was, keek hij al achterom en probeerde over de duinen heen te gluren hoe de zee erbij lag: prachtige lijnen, die vanuit het noordwesten binnendraaiden met kleine schuimkoppen. Hij rilde van plezier en kneep zijn ogen dicht, blind kon hij de kracht van de wind beter schatten: harde vijf, begin zes misschien. Hij wist wat hem te doen stond.

Op een drafje rende hij de trap weer af, voor hij bij de auto was, had hij zijn jack al opengeritst, zijn riem losgegespt, zijn horloge afgedaan en in zijn binnenzak opgeborgen. In gedachten ging hij het lijstje af: pak, trapeze, neerhalers om het zeil te spannen, mastvoet… Hij had zijn spullen zo haastig bij elkaar gegraaid dat hij nu twijfelde of hij niets vergeten was. Vlug opende hij de achterklep van de stationwagen, trok plank en mast eruit en legde ze naast de auto. Hij rolde het zeil uit, schoof de twee delen van de mast in elkaar en stak de mast in het zeil – handelingen die hij zo vaak had gedaan dat hij er niet meer bij nadacht. Alles liep gesmeerd, tot hij het zeil op spanning bracht en daarbij zoveel kracht zette dat het lijntje brak. 'Fuck you, fucktouwtje,' mompelde hij. Wanneer leerde hij nu eens dat materiaal kon slijten, ook, juist als het een paar weken niet gebruikt werd?

Resoluut gooide hij het afgebroken stuk weg. Terwijl hij het restant, dat net lang genoeg was, door het katrol reeg, probeerde hij een ongeruste stem in zijn binnenste tot zwijgen te brengen. Ze klonk als zijn vrouw: het blijft een versleten touwtje, Floris, waag je niet te ver uit de kust. Weet ik, weet ik, had ik zelf ook al bedacht, antwoordde hij in gedachten. Hij kende zichzelf, bij een hoge sprong, als alles op scherp stond zou het door zijn hoofd spoken: een touwtje dat één keer gebroken is, kan nog eens kapot.

Alsof het een paard was dat hij bij het hoofdstel vast-hield waadde hij, hand aan de giek, door de opspat-tende golven de zee in. Op een mooie dag in het week-end wemelde het hier van de surfers, zwemmers, pootjebaders, kitesurfers. In een poging zo'n Icarus te ontwijken had hij vorig jaar zijn neus gebroken. Nu had hij alle ruimte. Zee, lucht, in alle schakeringen grijs, waar hij ook keek. Hij legde zijn plank halve wind, stapte erop en schoof zijn voeten in de banden. Meteen voelde hij de stootkracht van de wind en speerde hij over de eerste schuimkragen heen, weg van de kust. Een lege zee, helemaal voor hem alleen… Algauw liet hij de kust verder en verder achter zich, de pier werd een potloodstreepje, de betonblokken waren nu kiezelklein.

De eerste paar minuten voelde hij zich nog wat stijf. Iedere spier in zijn rug en elk onderdeel van zijn ma-teriaal verzette zich. Het was alsof de banden om zijn voeten veel te strak zaten, en de trapeze waarmee hij op navelhoogte aan de giek zat vastgehaakt voelde als een nauw colbert met alle knopen dicht. In het begin vocht hij nog met zijn zeil, was zijn board net een bokkig paard maar voor hij het wist – hij kon nooit voorspellen wanneer, waardoor – werd hij één met de plank. Hij ging wat dieper in zijn trapeze zitten, legde zijn hoofd in de nek en zoog zijn longen vol.

Tot in de top van de mast voelde hij nu wat de wind van hem wilde. De boogvormige giek was niet langer een vreemd element van koel metaal dat hij nu eenmaal vast moest houden, maar iets dat bij zijn lichaam hoorde, een extra rib die hem met het zeil verbond. Zijn board reageerde alert op het aanspannen van een spier, het buigen of strekken van een knie, een arm. Geen gedachten meer, geen bezorgde stemmen, hij hoorde alleen het suizen van de wind om zijn oren, het rillen van het zeil, het stuiteren – toef, toef, toef – van de plank over de golven. Dan de zachte bonk als het board na een sprong het water raakte, nee niet zijn board, hijzelf raakte het water, er was geen onderscheid, ze waren één. Als hij zeilde, had hij altijd het gevoel dat hij in een boot zat, als hij surfte zat zijn vaartuig in hem.

Mooi, kijk daar, die steile golf... Wat een krul... Vraagt om een backloop. Afvallen, snelheid maken, door je knieën, trek het zeil aan. Omhooggestuwd door de golf wordt hij de lucht in geschoten. Hoger en hoger klimt hij de wind in, boven het geruis van de zee uit. Op het hoogste punt, daar waar hij in de stilte hangt, kijkt hij achterom en ziet de schuimkoppen onder zich. Daar, precies daar, gaat hij landen.

En landde hij ook. Gelukt, goeie sprong! Die had hij alvast binnen, de middag kon niet meer stuk. Het was alsof het bloed schuimend door zijn aderen raasde. Over het geluid van de branding heen zong hij het enige lied van Freddie Mercury dat hij uit zijn hoofd kende, werd hij zelf een superster: *so don't stop me now…*

Cause I'm having a good time, having a good time
I'm a shooting star leaping through the sky

Hij keek over zijn schouder, de pier was nu wel een heel vaag streepje, zowat uitgegumd. Gijpen en terug naar de kust tot het streepje weer pier werd. Wat een dag, juichte hij nog eens over het geraas van de golven heen. Zo voer hij wel tien rakjes, van de kust af en weer terug, en hij zong tot hij schor was. Hij werd maar niet moe, kreeg het niet koud en of er een half, een heel uur of meer tijd verstreken was, wist hij niet. Zeetijd noemde hij dit, dat wat hij hier niet voorbij voelde tikken. Tijd die aan land vaak traag verstreek, bestond hier niet. Beter kon het leven niet worden.

Dat het later en later was geworden, besefte hij toen hij door de plastic uitsnede in het zeil Françoise en de kinderen op het strand ontdekte. Woensdagmiddag, ze was thuis geweest toen hij zijn surfspullen kwam halen. Of hij dan tenminste, alsjeblieft, bijtijds uit het water wilde komen, had ze gevraagd. Het was niet voor het eerst dat ze op het strand stond te kleumen. Zijn schoongespoelde hoofd stroomde weer vol gedachten. Hij was niet langer een 'shooting star leaping through the sky', maar vader, man van. De kleine Dédé, het dichtst bij de pier, plaste met witte kaplaarzen door de branding, ze schopte naar de schuimvlokken. Françoise, in haar rode wollen jas, stond een meter of tien van de pier af, een hand om de buggy van Björn, de andere boven haar ogen. Naast haar Lucie, hun oudste, met een stok tekende ze iets in het zand. Letters, vast, ze leerde net lezen en schrijven. Ook in een minder opvallende jas had hij zijn vrouw meteen herkend. Klein, frêle maar kaarsrecht stond ze daar, zijn Françoise, de moeder van hun drie kinderen. Aan haar schouder hing de tas met luiers voor de baby en boekjes en kleurpotloden zodat de meisjes zich in het restaurant niet hoefden te vervelen. Françoise liep op de zaken vooruit, dacht overal aan, ook aan de tijd, ja, zij wel. Om halfzes hadden ze in Oase afgesproken, het moest al veel later zijn, anders stond ze hier niet.

Dédé hobbelde naar de pier, zette haar voet op het onderste basaltblok. Françoise merkte het en riep haar. Ogenblikkelijk keerde hun dochter op haar schreden terug. Hij grinnikte, arme Dédé, deed niets liever dan als een berggeit omhoogklauteren. Niet ongevaarlijk want de reusachtige blokken basalt en beton lagen niet aaneengesloten maar schots en scheef, en tussen de stenen waren diepe spleten waar een kindervoet zo in bekneld kon raken.

Over het geraas van de branding heen hoorde hij af en toe Björn huilen, klagelijk als een meeuw. Met deze wind, het kon haast niet en toch hoorde hij het. Françoise draaide de buggy een kwartslag zodat de hoge rug van het karretje het kind nu uit de wind hield. Even later hoorde hij Björn weer, een schril kreetje, dat gesmoord werd door de wind. Zijn zoon had vast schoon genoeg van het stilzitten, eerst achter in de auto en nu weer in zijn karretje. Over het strand racen in zijn donkerblauwe karosje met de brede banden was Björns favoriete tijdverdrijf: buggyzeilen. Mama liet het karretje los, op de wind richting papa rijden; die duwde hem dan tegen de wind in terug, Sisyfus met kinderwagen. Terwijl hij vlug zijn plek weer innam, hield zij de kar nog even vast; pas als hij klaarstond liet zij de beugel los, zodat Björn nog eens voortgedreven door de wind over het strand naar hem toe kon sjezen. Zo hard als dat ging, alsof zo'n buggy ervoor gemaakt was. Schitterend vond hij het, zijn windekind, Björn zonder vrees, surfer in spe. Misschien zouden ze straks nog even, om het goed te maken?

Nog altijd keurde Françoise hem geen blik waardig. Ze stond met haar rug half van hem afgekeerd over de buggy gebogen. Sprak ze Björn sussend toe of bevrijdde ze hem uit zijn gehate tuigje? In ieder geval roerde hun zoon zich niet meer. Eindelijk, ze draaide zich om... Vlug liet hij de giek los en zwaaide, en nu zwaaide Françoise terug. Het zwaaien werd wenken, een ongeduldig gebaar.

Ik doe mijn best, liefje, harder kan ik niet, nog een rakje afvallen en dan ben ik bij je.

Demonstratief tilde Françoise nu ook haar andere hand op en tikte op haar pols. Een donkere ribbeling trok over het water en op hetzelfde moment voelde hij de vlaag ook. Het was alsof hij opgetild werd, hij schoot vooruit, maar de sensatie die hem anders in extase bracht, deed hem nu verstijven: dezelfde wind die hem voortjoeg, dreef de kinderwagen naar de pier.

'Françoise!' schreeuwde hij op de toppen van zijn longen, 'Françoise... Björn!'

Ze strekte haar hand uit naar de kinderwagen – een loos gebaar –, wierp haar tas van zich af, al rennende riep ze iets naar Dédé, die zo snel ze kon door de golven van de vloedlijn naar de pier waadde om Björn de pas af te snijden. Maar de hoge rug van het karretje ving te veel wind. Dat redde ze nooit, iets anders moest de buggy tegenhouden, een stuk hout, een aangespoelde fles, een hoop schelpen... Draai wind, draai, ga liggen!

Hij kneep zijn ogen stijf dicht, en sperde ze weer open. Om beter te kunnen zien rechtte hij zijn rug, de plank reageerde meteen. Hij wilde de fout herstellen, maar kon geen vin meer verroeren. Alle kracht vloeide uit hem weg en terwijl hij dit voelde, sijpelde een warme straal langs de binnenkant van zijn benen. Een paar seconden stond hij zo, als verlamd, de blik strak op de pier gericht en zag het gebeuren. Toen trok het zeil hem met een ruk naar voren uit zijn voetbanden en zag hij niets meer.

Binnen een paar tellen wist hij de trapeze van de giek te haken en zwom hij onder het zeil vandaan. Hij duwde de plank van zich af, keek opzij naar de pier, rechts van hem. Zijn ogen traanden van het zout, hij zag alles wazig: een rode vlek… bloed… Zoveel… vast niet, het was Françoise, op haar knieën naast de omgekiepte kinderwagen. En daar holde Lucie weg, naar de strandtent… om hulp te halen? Zo hard hij kon zwom hij door, knipperend, halfblind, naar het strand.

Gaandeweg werd zijn blik minder troebel. Françoise zat met haar rug naar de zee in het zand en wiegde Björn heen en weer. Haar jas had ze uitgetrokken en over hem heen gelegd. Zo nu en dan wierp ze het hoofd in de nek, maar het wiegen ging almaar door. Aan haar rug kon hij niet zien hoe Björn eraan toe was. Gaf ze hem maar een teken. Dédé stond iets verder weg, de handen voor het gezicht geslagen.

Hij spitste zijn oren, maar hoorde niets. Hij hoorde

Björn niet huilen, zelfs niet heel zacht. Hoe kon het: zoveel geruis en tegelijk deze stilte. Driftig schudde hij zijn hoofd. Er zat water in zijn oren. Daardoor was hij zo doof. Dadelijk zou hij Björn horen, heus… Blijf kalm. Zwem door. Wanhoop niet.

Op zijn laatste krachten had hij de kust bereikt. Toen zijn voeten de bodem raakten, plopten zijn oren open. Plotseling was het er weer: het geraas van de nog altijd aanzwellende storm. Hij kantelde zijn hoofd, hield zijn oor in de richting van de pier. Maar al wat hij hoorde was de holle ruis van de branding en om zijn oren het suizen van de schuldige wind.

I

De elf maanden oude Björn, zoon van Floris en François Vrijbloed, broertje van Lucie en Dédé, was op slag dood. Zinloos de gruwelijke details te beschrijven. Kijk niet om, als de vrouw van Lot naar haar brandende stad. Het staren naar ongeluk dat we niet hebben kunnen verhelpen, zal ons afstompen. Laat een paar feiten volstaan: het kind dat vroeg had leren lopen, had al menige val tegen deurpost en tafelrand overleefd maar de stenen van de pier waren hard, de vaart waarmee het lichte karretje erop afstormde te groot.

Hij heeft niet geleden, een tel hooguit, maar het verdriet van zijn ouders is niet in tijd te meten. Ook maanden later leek het ongeluk soms net gebeurd. Overdag, maar ook midden in de nacht, beleefde de vader alles opnieuw en zag de buggy met zijn zoon weer op de Noordpier afkoersen. Hij riep het beeld niet op, het kwam ongevraagd, en nadat het weggeëbd was leek het alsof hijzelf op een steen was gekwakt.

Hij hoefde zijn vrouw niets uit te leggen. Zij werd bezocht door dezelfde beelden maar op andere momenten. Toen ze tien jaar geleden verliefd werden, waren ze vaak net vogels in de baltstijd: tegelijkertijd kriebelden ze aan hun oorlelletje en in een café bestelden ze allebei een glas rode port, ze grinnikten om dezelfde grapjes. In rouw gedroegen ze zich heel verschillend, als dieren van een andere soort.

In het donker, in de beslotenheid van hun slaapkamer, werden ze soms tegelijk door verdriet overvallen. Dan haalden ze herinneringen op aan het al te korte leven van hun zoontje. Hoe hij in de wieg zijn handjes voor zijn gezicht bewoog, er gebiologeerd naar keek, alsof het de handen van een vreemde waren. Zijn lach als een van zijn zusjes haar gezicht vlak bij het zijne bracht, een geschater dat diep uit zijn buik kwam, als je Boeddha kon horen lachen, klonk het zo. Ze misten hem, o, ze misten hem zo verschrikkelijk, en op de plek waar hij na het voeden vaak had gelegen, tussen hen in, zochten hun handen elkaar.

Dagen werden weken, weken werden maanden, er verstreek een halfjaar. Françoise zei haar baan als arts bij een consultatiebureau op. Ze kon de aanblik, dag in dag uit, van al die baby's niet verdragen en wilde ook vaker thuis zijn. Zo goed mogelijk hield ze in de gaten of haar dochters over hun broertje wilden praten, en hoe ze over hem spraken. Aan het ontbijt liet ze nooit na te vragen of een van hen gedroomd had, en waarover. Ze bekeek hun tekeningen aandachtig en zocht in kleuren, vormen, krassen naar tekens van verdriet en ontzetting, te groot voor woorden.

Door die volledige toewijding aan de meisjes ontging haar wat er met Floris gebeurde. De wind waar hij al vanaf zijn twaalfde naar hunkerde, die hij als een geliefde achterna had gereisd tot aan de andere kant van de wereld, vermeed hij nu. Zijn planken lagen in plastic verpakt naast de schuur, en lagen daar nog steeds, onaangeroerd, het plastic groen van mos, toen het voorjaar aanbrak. Zijn vrienden hoopten dat Floris op den duur weer zou willen surfen, daar afleiding in vond, maar zonder iemand te raadplegen had hij aan het begin van het seizoen alle spullen verkocht.

De gedachte dat hij nooit meer de zee op kon, hielp hem niet. Het was alsof de wind zich niet liet wegsturen en nu in zijn hoofd raasde. Hij had geprobeerd de stormen tot bedaren te brengen door hard werken, tot hij merkte dat hij door louter vermoeidheid steeds slordiger werd. Hij matte zich af op een roeiapparaat in een sportschool, maar ook dat bracht hem geen rust. Hij dronk te veel en verscheen steeds vaker te laat of niet op afspraken. Zijn collega's konden zijn gedrag niet langer door de vingers zien en vroegen hem zich ziek te melden.

Overdag viel hij telkens in slaap, 's nachts lag hij wakker. Gesprekken met Françoise mondden dan steevast uit in zelfverwijt: als hij niet was gaan surfen die woensdag maar zijn werkdag had uitgezeten, leefde Björn nu nog. Dan zei Françoise dat zij de buggy nooit los had mogen laten, niet met die wind, en ook de veiligheidsriem nooit los had mogen klikken, jamais. Zij was het die fout op fout had gemaakt, zij droeg een dubbele schuld. Maar Floris wilde het niet horen. Ze eigende zich iets toe wat van hem was. Als een vogel op het ei zat hij op zijn schuld, maar zijn gebroed leidde alleen maar tot nog meer zelfbeklag en nog meer drankzucht.

Laat ons niet langer stilstaan bij het rampjaar, niet zwelgen in het ongeluk van de kleine Björn en de schaduw die het wierp op ieder die hem liefhad. Gun dit gezin zijn schuwe periode, til de steen niet op waaronder het zich schuilhoudt. Onze tijd is er een van onlesbare nieuwsgierigheid naar het leed van mensen die geen familie, vrienden of buren zijn. De rouwband of zwarte kleding, eens een teken waarin men al van een afstand zag dat er getreurd werd om ouder of echtgenoot, kind, broer of zusje, wordt niet meer gedragen. Zo maakten onze voorouders kenbaar: daarom is mijn blik naar binnen gekeerd, ben ik mager of juist vadsig geworden. Zwijgzaam, mensenschuw of voortdurend op zoek naar gezelschap.

De symbolen van rouw zijn verdwenen, verwarring is ervoor in de plaats gekomen. Het rouwzwart is weg uit het straatbeeld, nu staren we naar gemonteerde beelden van betraande gezichten van mensen die we niet eens kennen en dus ook niet kunnen troosten. Dat staren maar niets kunnen doen maakt beschaamd. Schaamte heeft de plaats van mededogen ingenomen en degene die rouwt is eenzamer dan ooit.

Verder nu met dit verhaal. In korte tijd veranderde het leven van dit gezin nog eens, grondig. Het was Françoise die de impasse na veertien maanden doorbrak met een voorstel: laten we ons huis verkopen en in de Auvergne gaan wonen. Het huis naast haar grootmoeder, dat ruim dertig jaar bewoond was door haar vrijgezelle zoon, Françoises oom Jean-Marie, stond sinds zijn dood leeg. Floris kende het huis ook. Als ze zomers, op weg naar een strandvakantie aan de Golf van Biskaje, een paar dagen bij Grandmère Bellard logeerden, namen ze er altijd even een kijkje. Er moest heel wat aan gebeuren: het dak lekte, er stond schimmel op de muren en een van de kamers lag tot de nok vol met gebroken flessen.

'Valt best wat van te maken,' had Floris zich al eens laten ontvallen. 'Als ik tijd had zou ik het wel weten. Mijn handen jeuken.' Jammer alleen dat Chazelle zo ver van de kust lag. Maar nu de zee niet meer trok, was de ligging van het huis niet langer een bezwaar. Hij zag niet tegen de verbouwing op, integendeel, wat hij zelf niet kon zou hij uitbesteden of al doende leren.

Alleen al het denken over een nieuw leven deed Floris goed. En dat was precies wat Françoise hoopte. Toch oefende ze geen druk op hem uit, want hoe graag ze ook uit de stad weg wilde, terug naar haar vaderland, bij haar geliefde grootmoeder schuilen, uit een opgedrongen besluit kon niets goeds voortkomen. Ze herinnerde hem eraan dat de winters in de Auvergne lang en streng waren, vorige winter was grootmoeder nog ingesneeuwd. 'Voor mij is het anders, ik ga terug naar de plek waar ik als kind alle vakanties heb doorgebracht. Voor jou zal het ook moeilijker zijn er werk te vinden. Gaat zo'n verbouwing je niet opbreken? En als het huis af is, wat dan?'

Dan zien we wel weer, dacht Floris en hij maakte uit zijn geheugen een plattegrond. Uren zat hij over tekeningen gebogen. Daar, in de keuken, moest een raam komen, zodat je van het aanrecht uitzicht had op de boomgaard die hun terrein van grootmoeders erf scheidde. Zo konden ze haar ook een beetje in de gaten houden, of ze al op was, of er nog licht brandde. Zo'n oude vrouw kon je toch eigenlijk niet aan haar lot overlaten. Voor haar was het ook beter om haar familie in de buurt te hebben, op zwaaiafstand. Hij sleep zijn potlood en pakte een schoon vel papier. De zolder moest één grote ruimte worden, waar de kinderen in de lange wintermaanden konden spelen. Hij haalde schotjes weg, tekende ramen waar eerst blinde muren waren, gumde, begon weer opnieuw. Al schetsend zag hij steeds duidelijker de contouren van een nieuw leven.

II

Ruim zeven jaar later is het nu. Françoise en Floris hebben allebei werk. Het huis is verbouwd, kamer voor kamer. Op de overloop ligt nog steeds een stuk plint te wachten om tegen de muur gespijkerd te worden, maar verder is het huis af. De meubels en voorwerpen hebben hun vaste plek. De bewoners zouden ook geblinddoekt hun weg weten te vinden: ze zijn gewend, ze voelen zich thuis. De kinderen hebben ieder een eigen kamer en de beloofde speelruimte op zolder, een verdieping lager liggen de grotere slaapkamers. Die naast de badkamer is van Floris en Françoise, de kleinere aan de andere kant van de gang dient als logeerkamer. Zo nu en dan slaapt er een vriend of familielid op doorreis naar het zuiden, maar nooit langer dan een of twee nachten. Met de meeste Nederlandse vrienden is het contact verwaterd. In de loop der jaren is dit de kamer van hun Amsterdamse vrienden geworden: van May en Pieter Akkerman, vrienden van na het ongeluk.

Vierenhalf jaar geleden hebben ze elkaar ontmoet op een bruiloft, in december. Het feest werd gevierd op de Hoogte Kadijk in Amsterdam in een voormalige scheepswerf, tussen de oude machines. May en Pieter hadden hun dochter Merel bij zich, Françoise en Floris waren alleen gekomen. Er speelde een bandje, en tussen de tachtig gasten bevonden zich heel wat bekenden, maar vanaf het moment dat ze met hun welkomstdrankje aan een van de lange tafels neerstreken – Françoise naast May en Floris naast Pieter – hadden de twee paren genoeg aan elkaar.

Merel, pas vier toen, herinnert zich de avond waarschijnlijk niet meer, maar de eerste zinnen die de volwassenen wisselden gingen over haar, het kind dat aan de hoek van de tafel met lego speelde. Floris had haar geholpen met het bouwen van een kasteel en van alles gevraagd. Hoe oud ze was, en of ze haar prachtige groene schoenen met de smetteloze zolen zo wit als sneetjes vers brood speciaal voor dit feest gekregen had? De aandacht die hij voor hun kind had trof

May en Pieter, en ook de blik waarmee Françoise Merel volgde ontging hun niet. Al snel had May haar conclusie getrokken: zeker kinderloos, ongewenst.

Françoise raadde haar gedachten en begon over hun twee dochters van tien en zeven, Lucie en Dédé, die in Chazelle waren achtergebleven, bij haar grootmoeder. Toen wilde Pieter graag kwijt dat hij behalve Merel nog een zoon had, uit een vorig huwelijk. Tijmen was tien, net als hun oudste, maar hij kon er niet bij zijn vanavond want dit weekend was hij bij zijn moeder.

Het gesprek over de afwezige zoon had in een, twee zinnen naar de dode zoon kunnen leiden, maar dat gebeurde niet. Floris keek naar zijn bord en knipperde wild met zijn ogen, Françoise raakte zijn hand even aan en ze wisselden een blik.

Wat ging er mis? Dat er iets misging voelde Pieter ook, maar May wilde weten wat, en wanneer. Niet toen Floris met Merel praatte, niet toen Françoise hun dochters ter sprake bracht, maar toen het woord 'zoon' viel. Hadden ze ook nog een zoon? Waarom werd hij dan niet genoemd? Zonder de vraag in te leiden vroeg May: 'Is er iets met hem?'

Floris keek op van zijn bord en antwoordde. 'Hij is dood.'

May en Pieter keken tegelijk naar Françoise en daarna naar elkaar.

'Verongelukt,' zei Floris.

Het ontglipte hem, zoals de vraag waar hij het antwoord op gaf May ontglipt was. Françoise boog zich over tafel en dempte haar stem: 'Drie jaar geleden. Drie jaar en twee maanden, op 15 oktober. In Wijk aan Zee.' Aan alles was te merken dat ze er zelden over sprak. De zinnetjes klonken alsof ze door een dyslectisch kind werden voorgelezen.

'Hij was nog geen jaar,' zei Floris, en met een knikje naar Merel: 'Onze Björn zou nu ook vier geweest zijn...'

Toen legde Merel, van wie ze dachten dat ze volledig opging in haar spel, haar hand op zijn arm en zei: 'Wel zielig dat jullie baby nu dood is.' Dankbaar had Floris haar handje gepakt en er een zoen op gedrukt. De tranen stonden in zijn ogen, maar algauw was de stemming nog eens omgeslagen.

'Björn, is toch Zweeds of Deens?' informeerde Pieter voorzichtig. 'Hoe zijn jullie daar zo opgekomen, als Nederlands-Frans paar bedoel ik?'

'Zo heette hij gewoon,' antwoordde Floris.

Weer viel er een ongemakkelijke stilte. Zo ging het altijd, door dit soort stiltes hielden Floris en Françoise mensen die anders misschien vrienden hadden kunnen worden op afstand. Maar dat kon May niet weten, ze keek vragend naar Pieter. Een naam was even persoonlijk als openbaar, het was toch niet impertinent daarnaar te vragen, ook al was het kind dat de naam droeg dood. Ze had het gevoel dat ze zich moesten schamen, maar waarvoor precies?

Snel begon Floris over iets anders. Zonder zich af te vragen of het hen wel interesseerde, stak hij van wal over de geologische bijzonderheden van de Auvergne. Hij ging maar door over slapende en uitgedoofde vulkanen, over kraters die nu meren waren. 'Nog even en ik ben ook een slapende vulkaan,' wist Pieter er nog tussendoor te frommelen. Floris begreep de hint niet, zijn vrouw vermoedelijk wel. Ze glimlachte gespannen, maar deed geen moeite haar man te onderbreken.

Hoe komen we hier weg, dacht May, en ze zag dat ook Pieter zon op een ontsnapping terwijl hij weer een homp brood in zijn mond propte. Ze keek om zich heen, zwaaide enthousiast naar een vage kennis. Werd er straks van plaats gewisseld, of zaten ze tot en met het toetje aan deze ongelukkige man vast, die ze op het eerste gezicht toch beslist aantrekkelijk had gevonden. Floris was vrij groot, stevig maar niet dik. Hij had wel iets weg van Gérard Depardieu in zijn jonge jaren. Als ze hem met een dier vergeleek, een spelletje dat ze graag speelde als ze zich verveelde, was hij een beer. Ronde iets uitpuilende ogen, een forse kin met een kuiltje. Een brede neus, die een beetje uit het lood stond. Zijn bruine pagehaar viel net over de rand van zijn geruite flanellen overhemd heen. Zodra hij aan tafel zat, had hij zijn corduroy jasje uitgetrokken en de mouwen van zijn overhemd opgestroopt. Zijn armen waren ook toen, midden in de winter, nog bruin en tamelijk behaard. Een buitenmens, die raakten binnen altijd direct oververhit. Floris sprak met veel handgebaren, soms veerde hij even op om iets uit te beelden. Een man die ruimte durfde in te nemen, daar viel ze wel op, maar dat was voor hij over die uitgedoofde vulkanen begon te oreren.

Midden in zijn monoloog onderbrak Floris zichzelf om de vraag van Pieter alsnog te beantwoorden. 'Onze zoon is genoemd naar een beroemde surfer. Hij is verongelukt op het strand… ons kind, bedoel ik. Bij Wijk… bij Wijk aan Zee. In zijn buggy. Toen ik daar aan het surfen was.'

Françoise rechtte haar rug en keek hem fronsend aan. Hij nam een grote slok water, zo gehaast dat het over zijn kin droop en de boord van zijn overhemd drijfnat maakte. Zijn vrouw gaf hem een servet aan en legde een hand op zijn arm. 'Niemand kon er iets aan doen,' zei ze. 'Het was de wind.'

May en Pieter knikten timide. 'Het was de wind' klonk als de slotregel van een lang episch gedicht. Het kwam niet in hen op nog een vraag te stellen, naar het hoe en het wat van het kind en de wind. Ze kregen de kans ook niet, want Floris begon over zijn zoon te vertellen en over de leegte die hij in hun gezin had achtergelaten. Françoise kroop uit haar schulp en vulde hem nu zonder enige terughoudendheid aan. Het zweet parelde op Floris' voorhoofd, en Françoises ogen glansden. Ze spraken gehaast, soms door elkaar heen, niet in afgeronde zinnen maar slobberig als dorstige dieren die samen uit één bak drinken.

Vanaf dat moment had May haar reserves laten varen. Ze kon niet anders dan sympathie voelen voor dit paar dat zich bij elkaar had geraapt om in Frankrijk opnieuw te beginnen, en ze merkte dat het Pieter aan de andere kant van de tafel net zo verging. Zijn blik dwaalde niet meer af. Toen hun gevraagd werd wat in te schikken omdat er aan het andere eind nieuwe gasten aanschoven, deed ze dat zonder bedenkingen. Haar rechterheup raakte het tengere dijbeen van Françoise en ook de mannen aan de overkant zaten schouder aan schouder. Pieter, die op een terloopse manier nogal geestig kon zijn maar alleen als hij zich op zijn gemak voelde, maakte hen een paar maal onbedaarlijk aan het lachen. Soms vertakte het gesprek zich en praatten de twee mannen even samen of richtten de vrouwen zich tot elkaar, maar het liefst voerden ze één gesprek over één onderwerp. Niemand wilde ook maar een woord missen van wat er gezegd werd.

De stugge, moeizaam tot stand gekomen vertrouwelijkheid van Floris en Françoise bleek besmettelijk. Al snel bekende Pieter hoe zwaar het hem altijd viel om op zondagavond afscheid van Tijmen te nemen. Je zoon bellen om te vragen hoe zijn dag geweest was, dat wende nooit. Françoise en Floris deden niet alsof zijn gemis in het licht van het hunne niets voorstelde. Ze leefden zich in, dachten mee, stelden vragen. Waarom Tijmen dan niet een paar dagen per week bij hem woonde, om en om, de moderne oplossing?

'Te onrustig voor een kind. Voor Tijmen zeker. Voor hem is het echt beter dat hij bij zijn moeder woont.'

'O, dus je hebt un sacrifice... een... hoe zeg je dat in goed Nederlands, een offer gebracht,' had Françoise gezegd. Een offer, dacht May, wat een mooi ouderwets, bloeddoordrenkt woord, zeker zoals zij het uitspreekt: 'offeur'. Pieter keek Françoise dankbaar aan en May begreep waarom. Hij moest zijn beslissing altijd verdedigen, maar deze vrouw, die ze nog maar net kenden, zag dat zijn houding hem fier maakte, niet zielig.

Intiemer kon het gesprek die avond haast niet worden, maar het werd ook geen moment meer plichtmatig. Toen zij tegen elven met een slapende Merel op de arm afscheid van elkaar namen, werd er gezoend. Alle vier waren ze vol van deze ontmoeting, een opwinding die versterkt werd door het vermoeden dat het wederzijds was. Plechtig hadden ze beloofd elkaar gauw weer te zien, in Amsterdam of in de Auvergne.

III

Ze zitten nu in de auto, op weg naar de Auvergne, al voor het vierde jaar, de vrienden die Björn nooit gekend hebben, alleen van foto's. Pieter heeft al zijn aandacht nodig voor het verkeer, May is in gedachten al in Chazelle. Op de achterbank zitten de kinderen, Tijmen en Merel, ze lezen, luisteren naar muziek of kijken uit het raam.

Dan weer ziet May het huis voor zich, opgetrokken uit ruwe vulkaansteen, dan weer de gezichten van haar vrienden, dan weer een uitzicht: de rommelige houtwal aan de overkant van de weg waar beuk, hazelnoot, braam en wilde roos door elkaar heen groei-

en, en ook kamperfoelie die na een regenbui onna-
drukkelijk geurt, als een koele, net gewassen hand.
Ze ziet zichzelf 's ochtends met een kom koffie in de
keuken zitten, die uitkijkt op de boomgaard en een
strook weiland waar de twee paarden grazen. Aan
het eind van de wei begint de hoeve van grootmoeder
Bellard. In de beschutting van de halfhoge muur die
de twee erven scheidt, liggen haar tuintjes: een moestuin, een kruidentuin en een bloementuin waar wel
vijf soorten lavendel bloeien. In gedachten rist May
de stroeve paarse blaadjes af, plet ze tussen haar vingers en ruikt eraan. Duwt het houten hekje open en
wandelt over de cour, met een schuur waar het hout
voor een hele winter wordt bewaard. Ook die schemerdonkere schuur kan ze zo oproepen. De vloer van
aangestampte aarde, het gestapelde hout, de geur van
benzine en houtstof als Floris daar een stapel stammetjes in kleinere blokken zaagt. May verheugt zich,
misschien is ze wel nergens zo gelukkig als in Chazelle.

Overmorgen gaan ze vast naar de markt in Saint-
Gervais, zoals altijd op maandag. Na de boodschappen drinken ze dan koffie en limonade in Bar de la
Place, waar de muren bedekt zijn met tapijt en loterij-
briefjes en achter de toog een glazen plank hangt met
flessen siroop. Niet alleen oranje, rood en geel, maar
ook gifgroen en paars. Ook die kermiskleurige flessen horen bij de zomer, bij smaken en geuren en een

landschap dat zo heel anders is dan het stadslandschap in Oud-West, waar ze nu al acht jaar wonen.

Ze verheugen zich alle vier en tijdens de lange rit vertellen ze elkaar waarop, waarop het meest. May op het weerzien straks, aan de lange tafel in de keuken. Op de blik van Françoise, haar bruine ogen – hazelnootbruin volgens Pieter – met een okergele, bijna gouden iris. Hoe ze over tafel naar je knikt, welkomer kan een mens zich niet voelen. En dan kun je de klok erop gelijkzetten dat Floris theatraal uitroept dat het zo'n rustige zomer was tot de familie Akkerman uit Amsterdam langskwam, en dat Lucie, ernstige Lucie, dan vlug zegt: 'Hij maakt een grapje, hoor.'

Ze halen herinneringen op aan vorig jaar, en het jaar daarvoor en nog verder terug. Vroeger, toen ik nog klein was, zegt Merel als het over hun eerste vakantie in Chazelle gaat. Of zij al geboren was toen ze Floris en Françoise voor het eerst zagen? Ze vraagt het op dezelfde toon waarop ze wel eens informeert waar en wanneer haar ouders elkaar tegen het lijf zijn gelopen. Alles wil ze ervan weten. Want als haar ouders niet verliefd geworden waren, was zij er niet geweest en dat denkbeeld doet haar van tijd tot tijd duizelen. Dan pakt ze de draad bij het uiteinde, waar haar leven is begonnen, en loopt terug, langs de moederlijn, dan langs de vaderlijn, langs opa's en oma's, zo ver ze kan, en dan weer terug waar de draden bij elkaar komen, één streng worden, waar zij uit voortgekomen is. Misschien is de hechte vriendschap tussen twee gezinnen wel even bijzonder als een goed huwelijk, denkt May nu. Of nog wonderbaarlijker, omdat in het vriendschapsweefsel zoveel meer verschillende karakters en leeftijden dooreenlopen. Dan doezelt ze even weg.

'Witte koeien,' klonk het van de achterbank, 'dan is het echt vakantie... Mama, wat betekent "sortie" ook alweer?'

Voor May iets kon zeggen, had Tijmen de vraag al beantwoord. Een hele poos somden de kinderen alle woorden op die ze in het voorbijgaan zagen. Een spandoek bij het hek van een boerderij waar FRAISES op stond, en de woorden die klonken uit de autoradio, une victime en panne, une voiture a prit feu. Vorig jaar had Françoise de kinderen zo nu en dan een stukje uit een Franse krant voorgelezen.

Françoise sprak vloeiend Nederlands, nog steeds, maar met een sterk accent. Zo nu en dan lardeerde ze haar zinnen met uitdrukkingen die weliswaar typisch Nederlands waren, maar ook tamelijk modieus of het modieus van een paar jaar geleden. Dan beantwoordde ze een vraag met een stellig 'zeker weten' of was iets voor haar 'einde oefening'. Die uitdrukkingen in combinatie met haar accent had Pieter van meet af aan onweerstaanbaar grappig gevonden. Het was May niet ontgaan dat hij überhaupt nogal van haar gecharmeerd was, al die eerste avond toen ze elkaar ontmoetten. Uiterlijk waren Françoise en zij elkaars tegenpolen. Françoise was tenger en jongensachtig, zelf had ze ronde heupen en billen waar mannen op feestjes iets te vaak hun hand op legden. Als Merel haar vroeger wel eens tekende, bestond het poppetje geheel uit cirkels.

Toch was May nooit jaloers als het eens zo uitkwam dat Pieter en Françoise samen naar de markt gingen of 's avonds laat nog even de hond uitlieten. Het dode kind, het overwonnen drankprobleem van Floris, dit alles gaf een soliditeit aan hun huwelijk waar niemand tussen kon komen. En ook Pieter en zij wisten dat ze de slang niet in het paradijs zouden toelaten, zelfs niet voor een keer. In zijn vorige huwelijk was Pieter zijn vrouw ontrouw geweest, hij wist wat één moment van zwakheid kon aanrichten.

Toch hing er als de twee paren in elkaars gezelschap waren iets verliefderigs in de lucht. Net genoeg om hun het gevoel te geven dat ze gevieren aantrekkelijker, grappiger en leniger van geest waren dan als paar. Het was nooit uitgesproken, maar daarom niet minder waar: ze voedden, ja, ze inspireerden elkaar. Met zijn vieren, al dan niet omringd door kinderen, waren ze op hun best. En deden ze misschien ook meer hun best. Want als May zag met hoeveel welgevallen Françoise naar Pieter keek, dan bekeek ze hem zelf ook weer met andere ogen. Dan hield ze nog meer van zijn rustige gezicht met de lange trekken, van zijn tengere handen. Hoe hij zijn sluike haar van zijn voorhoofd veegde, zijn bril rechtzette. Dan viel haar op dat het grijs in zijn slapen de rest van zijn haar bruiner deed lijken, een warm roodbruin als het zonlicht erop viel.

'Was hun baby eigenlijk al dood toen we ze voor het eerst zagen?' vroeg Merel.

May keek verrast achterom.

'Ja, ruim drie jaar.'

'Hoe kwam dat?'

Pieter keek haar van opzij even aan en ze wist wat hij dacht: al die eerste avond toen ze van de Hoogte Kadijk naar huis reden, hadden ze geprobeerd het ongeluk te reconstrueren. Een buggy... op het strand... terwijl Floris aan het surfen was... Was het kind soms verdronken, maar waar was Françoise dan op dat moment? 'Het was de wind.' Erg ver kwamen ze niet, maar ze hadden besloten er niet naar te vissen, ook later niet en ook niet achter hun rug om: zij waren de vrienden van na het ongeluk.

'Wij weten het eigenlijk ook niet. Hun kindje is verdronken, geloof ik, in zee. Als mensen zoiets liever niet vertellen, tja, dan laat je het verder rusten.'

Ze draaide zich weer naar Merel om: begreep ze het? En in hoeverre begreep ze het zelf? Door de vraag van haar dochter vond ze het ineens niet meer vanzelfsprekend dat het in al die jaren nooit meer ter sprake was gekomen. Dat lag misschien niet alleen aan Floris en Françoise. Had zij of Pieter, samen of los van elkaar, wel alle kansen waargenomen om er nog eens over te beginnen? Een mens kon ook te veel medelijden hebben, en hun tact was misschien ook wel bangigheid.

'Toen Mossel dood was heb ik dat wel verteld op school. Dat ze overreden was. Maar niet alles. Niet dat ze haar achterlijf niet meer bewegen kon en hoe eng dat eruitzag, want als ik daar weer aan dacht moest ik té erg huilen, echt wel.'

Ze praatten een poosje over hun mosselzwarte poes die nu tien geweest zou zijn en begraven lag op het plaatsje vlak bij de keuken naast een muur waar ze een klimroos hadden geplant die haar naam droeg. En over grootmoeder Bellard, Nounou, die een half-jaar geleden in haar slaap was gestorven. May herinnerde zich het afscheid vorige zomer nog. De oude handen met de radijzige knokkels om haar gezicht, en hoe Nounou haar had aangekeken, langer dan anders.

'Nog een kwartier hooguit, bel maar dat we eraan komen,' zei Pieter.

Volgens het klokje op het dashboard was het kwart voor zes, wintertijd, niemand had de moeite genomen de wijzers een uur vooruit te zetten. May keek uit het raam, de zon stond nog vrij hoog, schuin boven haar. Het landschap was hier al helemaal hetzelfde als rond Chazelle, heuvelachtig en met houtwallen langs de weg. Uit de radio klonk muziek die ze niet kende, een mis van Poulenc. Muziek het landschap waardig, alsof de componist de hele schepping eerde maar vooral deze heuvels, deze lucht, deze avondzon, het uur van hun aankomst.

'Ik wacht nog even. Vorig jaar werd Dédé zo ongeduldig na ons telefoontje dat ze ons tegemoet was gelopen, zonder iets tegen haar ouders te zeggen. Françoise doodongerust... Stond Dédé ons op te wachten op het kruispunt bij Ayat, weet je nog, onder de mossige Jezus.'

Ze klapte het zonneschermpje naar beneden en bekeek zichzelf in de spiegel. Haar halflange krullen stonden alle kanten op, alsof ze met nat haar was gaan slapen. Ze trok de langwerpige doek los en bond hem opnieuw om haar hoofd. Ze had die turquoisegroen gestreepte doek vorig jaar van Floris en Françoise gekregen. Pakje bij het afscheid in de hand gedrukt: vast voor je verjaardag in september. Floris had hem uitgekozen, herinnerde ze zich nu, en ook hoe zeker hij wist dat de doek haar goed zou staan. 'Mooi bij je ogen.' Ze viste een lippenstift uit de tas aan haar voeten en maakte haar lippen felrood, dan leken haar ogen nog blauwer.

'De mossige Jezus? Heet hij zo, officieel zoals de Zwarte Madonna, of heb jij hem zo genoemd?' vroeg Pieter.

'Ik. Een lichaam aan een kruis, helemaal bedekt met mos. Jezus met een groen vachtje.'

Anders vond ze zo'n corpus altijd een beetje griezelig en kon ze er niet lang naar kijken. Door het mos wilde ze het aanraken, en tijdens een wandeling was ze voor het kruis blijven staan en had het lichaam betast, uitvoerig als een blinde.

Pieter draaide de muziek wat zachter.

'Wij hebben een heleboel dezelfde vakantieherinneringen maar minstens zoveel verschillende, schat ik.'

'Noem er eens een. Een waarvan jij denkt: die heeft zij niet.'

Hij dacht even na.

'Iedereen sliep nog maar ik wilde eruit, naar buiten, wandelen. Bij het pad naar beneden bij de boerderij van Bernard heb ik toen heel lang naar de mist staan kijken boven het dal. Een witte nevel, een tweede rivier maar dan van mist. De zon scheen er zwak doorheen, van dat vuile geel, maar dat was juist zo bijzonder: die belofte van een mooie dag. Ik weet nog dat ik dacht: dit wil ik onthouden. Hier wil ik over vijf of tien jaar nog eens staan en dat ik me dit moment dan herinner.'

Nu niet zeggen dat ze die witte nevel zo vaak had gezien als ze 's ochtends vroeg uit het raam keek. Die heiige nevel hoorde bij dit landschap als de heuvels, de rommelige houtwallen, de witte koeien. Ze knikte en legde haar hand op zijn knie. Hoe langer je samen was, des te belangrijker werd het dat je zo nu en dan ook eens iets alleen meemaakte, zonder de ander. Denkende dat die witte sluier daar speciaal voor jou in het dal was opgehangen.

'Ah… kijk, ik zie het al, het huis… Floris, op de tractor…'

'Mag ik de drop geven, mama?'

'Ja, maar niet meteen. Ik weet ook niet in welke tas… Ach kijk, wat is Dédé groot geworden.'

'Niet zeggen.'

'Het is toch zo… ik mag ook niks. En daar is Belle… kijken of ze je herkent, Tijmen.'

'Hoe moet een hond dat laten merken? Honden kunnen niet praten, alleen in tekenfilms.'

'Jawel hoor, op hun manier praten ze. Dan likken ze je hand, of ze kwispelen... Hallo! Françoise…'

'Waar?'

'Daar, boven, in het raam van haar slaapkamer… Françoise!'

'Niet zo gillen, mam.'

'Wat is d'r haar lang.'

'Stoppen, papa, we zijn er, ik wil eruit. Ik moet heel nodig.'

'Wat doe je nou?'

'Wat doet-ie nou?'

'Doe nou niet!'

'Gewoon, doorrijden naar de zijkant, waar ik altijd sta, daar kan ik het makkelijkst uitladen.'

'In welke tas zat de drop nou?'

'Hou op over die drop!'

'Is drop ons enige cadeau?'

'Doe de deur eens van het kinderslot.'

'Floris! Françoise!'

IV

May werd gewekt door gekoer van duiven en even waande ze zich in Amsterdam. Tot ze de geur rook van as en een verkoold houtblok. Thuis, in de Tweede Helmersstraat, had ze geen open haard in de slaapkamer en ook geen plafond met oude balken of witte gordijnen waar de ochtendzon door naar binnen viel. Floris had de haard gisteren nog eens flink opgestookt om de laatste wespen uit de schoorsteen te verjagen. Geen gewone wespen, beweerde hij, maar een uiterst gevaarlijke soort. De rest van de avond was hij Ridder Floris genoemd, Floris de Verschrikkelijke, Floris de Wespendoder.

Met een glimlach van napret luisterde ze naar de zondagochtendgeluiden. Beneden in de keuken zoemde de citruspers, een auto reed voorbij, minderde vaart en zwenkte het erf op van overbuurman Bernard. Het grind knerste en een hoge vrouwenstem riep iets over het geronk van de motor heen. Er klonk gelach, een portier werd dichtgeslagen en de auto reed weer door.

May tastte naar haar horloge: kwart voor tien. Ze was door de haan heen geslapen. Op zondag ging de overbuurvrouw altijd naar de mis in Ayat-sur-Sioule, naar het kerkje met de torenspits in de vorm van een heksenhoed. Ze werd afgehaald door twee vriendinnen en vroeger stopten ze ook altijd even hiernaast om Nounou op te halen. Vorig jaar was May een keer mee geweest om de oude dame een plezier te doen.

Door het halfopen raam hoorde ze Merel en Dédé, of was het Lucie, de stemmen van de zusjes gingen steeds meer op elkaar lijken. De ijzeren ringen aan de schommeltouwen schuurden langs de haken in de boom. 'Harder,' riep Merel, met een stem schel van opwinding. Zij mocht altijd het eerst, met haar acht jaar was zij de jongste, en thuis had ze geen boom in de tuin met een tak zo dik dat er een schommel aan kon hangen. Dadelijk, als de schommel in zijn zwaai opwaarts het hoogste of bijna hoogste punt bereikte, zou haar dochter eraf springen. Ieder jaar lag het springpunt hoger, kijk eens wat ik al durf, zo hoog heb ik nog nooit gedurfd. Tot ze op een dag zou ontdekken dat ze ongemerkt voorzichtiger was geworden.

Heel lang ging het in het leven over durven, dacht May, op hoge dingen klauteren en er met je ogen dicht vanaf springen, duiken, glijden. Op de bagagedrager staan van een fiets die slingerend over het schoolplein reed, of hard van een heuvel af. Een glanzend paard aaien en huiveren als zijn warme lippen je handpalm beroerden. Je hand niet terugtrekken bij de eerste voorzichtige aanraking van de jongen op wie je al weken in stilte verliefd was. Dat was het fijnste durven: de overgave aan onbekende lippen, handen, vingers, de huid en het haar van een nieuwe liefde.

Al jaren was durven nu meer een kwestie van zichzelf naar iets toe praten dan ergens in plonzen. Moed had nu vooral met studie en stages te maken: uitspreken wat iedereen zag maar niemand zei. Dat deed ze soms ja, maar vaker hield ze haar mond omdat ze het sop de kool niet waard vond. Sommige mensen noemden het moedig dat ze een paar jaar geleden, geïnspireerd door de bezieling waarmee Françoise altijd over haar eigen werk sprak, een goedbetaalde marketingbaan had opgegeven om weer te gaan studeren. Frans. Ze wilde voor de klas staan. Maar die stap had ze nooit zonder Pieter durven zetten. Als hij haar niet gesteund had, en zijn salaris niet hoog genoeg was geweest om het gezin te onderhouden, had ze nooit ontslag durven nemen.

Bijna tien jaar was ze nu met Pieter, die naast haar lag te slapen, opgerold op zijn zij, het gezicht naar de deur. Waar ze ook sliepen, hij lag altijd aan de deurkant. Ze had hem nooit gevraagd waarom, het sprak vanzelf. Ze legde haar hand op zijn dijbeen, zacht om hem niet te wekken. Haar 'ja, ik wil een kind van je' was verreweg het grootste, mooiste dat ze met hem gedurfd had, daarbij viel alles in het niet. Zij wilde graag nog een kind, heel graag. Een slapende baby op haar buik 's ochtends vroeg na het voeden, de geur van een warme kruin vlak onder haar neus. Meer kinderen aan tafel, meer gedruis. In september werd ze veertig, het kon nog net, maar Pieter vond zichzelf te oud. Vijftig is niet te oud als je zo gezond en sportief bent als jij, had ze gezegd, maar hij liet zich niet paaien. Onlangs had hij zelfs geopperd zich te laten steriliseren. Het idee bezorgde haar de koude rillingen. Zo'n ingreep zou niet alleen zijn zaad maar ieder verlangen naar hem in de kiem smoren, had ze dreigend gezegd, en hij was er niet meer op teruggekomen.

De schommel knarste steeds dwingender. Gejuich, een sprong in het grind. 'Zag je dat? Ik vloog,' riep Merel. Al pratend liepen de kinderen van de schommel naast het huis naar de achterkant, waar Floris de afgelopen weken een zwemvijver had gegraven. Een verrassing, precies op tijd af, het metselwerk was net droog. De vijver was tot de rand gevuld met leidingwater, maar de zon had nog niet de tijd gehad het te verwarmen.

Voorzichtig stapte ze uit bed. Op de overloop bleef ze even staan en spitste haar oren. Stemmen, van Françoise en Floris, zij was voornamelijk aan het woord, in het Frans, en ze sprak nog sneller dan anders. Ze klonk geagiteerd. Haar stem sloeg over, een bestekla werd met een ruk opengetrokken en weer dichtgesmeten, een ijzeren voorwerp met een klap op tafel gelegd.

May voelde zich rood worden, ze werd weer zes en hoorde hoe haar ouders in een andere kamer woorden hadden. Op haar tenen liep ze over de krakende planken vloer naar de badkamer. Daar probeerde ze zich te herinneren of er iets misgegaan was gisteravond, waarover ze zoal gepraat hadden. Door elkaar toch vooral, zoals altijd de eerste avond?

Lucie had verteld over de nieuwe school in Clermont-Ferrand en over haar nieuwe viooljuf. Dwars daardoorheen wist Françoise trots te melden dat deze Eloïse gestudeerd had in Parijs bij een grootheid wiens naam May nu vergeten was. Dat ze een snob was, had Pieter over tafel geroepen. Inderdaad, t'as raison, maar alles was beter dan die eeuwige Hollandse bescheidenheid, die nog vals was ook.

Toen was er een discussie ontstaan over het verschil tussen gepaste trots en snobisme. Niet drammerig, de verschillen tussen de Fransen en de Nederlanders werden soms breed uitgemeten omwille van het debat, maar nooit zo dat het te persoonlijk werd.

En Floris? Die was spraakzamer dan ooit over zijn werk geweest. Het beroep van aannemer kenden ze hier niet, maar voor vakantiegangers fungeerde hij steeds vaker als coördinator bij de bouw of verbouwing van tweede huizen. Pieter had zich wel eens afgevraagd of het leven dat Floris nu leidde niet te veel verschilde van zijn leven als advocaat in Amsterdam. Of het verschil in status niet te groot was, zelfs voor iemand die beweerde daar lak aan te hebben en dat bewees door al jaren in een knalblauwe gebutste pickuptruck rond te rijden. Tot voor kort was Françoise de kostwinner en zorgde Floris ervoor dat thuis alles liep. Voorheen verdiende hij er af en toe wat bij met timmerklussen, maar nu had hij meer opdrachten dan hij aankon.

Ze moest er maar niet te veel achter zoeken, Françoise was gewoon moe van een jaar hard werken, en van alle emoties rond de dood van haar grootmoeder. De eerste dagen dat je vrij had, merkte je vaak pas hoe uitgeput je was. Dat maakte haar misschien wat prikkelbaar en gespannen. Want dat was Françoise beslist, nu ze erover nadacht kon ze het niet langer ontkennen. Toen Floris gisteravond aan tafel zijn arm om zijn vrouw had geslagen, ging ze zo verzitten dat zijn hand van haar schouder gleed. En toen hij even later bij het inschenken van haar glas over haar nekhaar streek, rekte ze haar hals en beet ze hem zachtjes toe dat hij haar pijn deed. May had nog naar Pieter gekeken of hij het ook opmerkte, maar hij was druk in gesprek met de kinderen.

Misschien was hun komst Françoise deze zomer te veel, maar had ze hen, gastvrij als ze was, niet durven afzeggen. Op de overloop aarzelde May of ze weer terug naar bed zou gaan en wat lezen. Of beter nog: lezend in slaap vallen om te vergeten wat ze net had gehoord.

De keukendeur ging dicht, Françoise riep de hond, de kippen stoven kakelend uiteen. May liep naar het raam dat uitzag op de tuin en schoof het gordijn opzij. Haar vriendin beende, hondenriem om de nek, flesje water in de hand, gevolgd door Belle het erf af. Ze nam het pad tussen de weilanden door, een kronkelende landweg naar beneden die na drie kwartier bij de rivier uitkwam. Als Françoise het nodig vond water mee te nemen, was ze vast van plan een poosje weg te blijven.

Op slippers en met een trui om haar knielange slaapshirt geslagen liep ze de grote schemerdonkere keuken in. Ruwe ongestuukte muren en een schouw zo hoog dat je erin kon staan. Op kille dagen werd hier een vuur aangelegd en kroop iedereen eromheen, en dan roken je kleren dagen later nog naar verbrand hout. Nu rook het er naar brood opgewarmd in de oven, en naar kazen die onder een vliegenstolp verleidelijk lagen te stinken.

Floris was al aangekleed en zat met een kop thee voor zich aan tafel. Naast hem op een stoel lag op een opengeklapte laptop de stapel bijlagen en tijdschriften die Pieter voor hem uit Nederland had meegenomen. Hij legde *De Groene* waarin hij zat te bladeren opzij om thee voor haar in te schenken. Met haar mok in de hand zette ze zich in de vensterbank en leunde met haar rug tegen het raampje dat uitkeek op de achtertuin.

'Druk gehad de laatste tijd?' vroeg ze.

'Gewoon de laatste klussen die af moesten.'

'En dan heb je ook nog die vijver gegraven.'

'Dat noemen wij een zwembad, mevrouw Akkerman.'

'Maar niet zo eng blauw, het is net alsof het er altijd al geweest is.'

Ze vertelde hem een herinnering, waarbij haar al pratend steeds meer details te binnen schoten: als kind wilde zij zo graag een eigen zwembad dat ze op een dag besloten had er dan maar een te graven in het kleine perkje dat haar was toebedeeld. Met een lepel had ze een gat gegraven en daarin een emaillen kom gezet die haar moeder haar had gegeven. Ze zag hem weer voor zich: een witte kom met een blauwe rand en een korstje van roest. Toen: de kom in het gat gezet, water erin en een paar druppels inkt. Maar de ware zwembadkleur wilde het water maar niet krijgen, eerst was het veel te licht en toen plotseling te donker. Water eruit, water erbij, uren was ze er zoet mee geweest.

'Ik weet nog hoe ik daar zat en met mijn vinger door het water roerde. Ik wist heus wel dat ik nu niet ineens zo klein zou worden dat ik een duik in mijn zwembad kon nemen, of het emaillen badje zo groot dat ik er baantjes in kon trekken. Het was geen echt zwembad en tegelijk was het 't wel, want als ik door mijn wimpers keek en mijn hand door het water haalde kon ik denken: mijn zwembad.'

Floris glimlachte maar zijn blik had nog steeds iets verstoords. 'Jij was vast een kind met veel fantasie, net als Dédé.'

Ze draaide zich om en keek uit het raam naar de kinderen. Dédé droeg een overall die haar veel te groot was, en liep met haar handen in de zakken door de tuin. Een bouwvakker van twaalf met blonde staartjes. Gisteren in de auto had Tijmen zich nog afgevraagd wat het zou zijn dit jaar, het 'Dédéding'. Iedere zomer had Dédé iets aan of om waar ze bij wijze van spreken mee opstond en naar bed ging. Vorig jaar was het een rood sjaaltje dat ze bij de punten naar achteren om het hoofd knoopte, haar roodkapjedoekje. Het jaar daarvoor waren het gouden sandaaltjes. Ook als het weer was voor rubber laarzen, droeg Dédé haar prinsessenschoenen. Als ze zich feller verzette tegen de protesten van haar ouders, dan zou je haar lastig noemen, maar het kind zette haar wil stilzwijgend door en met een vanzelfsprekendheid waar ieder commentaar op afketste.

Dédé en Merel stonden bij het zwembad over een hoop stenen gebogen. Het bad zelf was afgestreken met cement maar de trap en rand waren afgewerkt met ruwe leemkleurige stenen, er was een flinke berg over. De meisjes tilden samen een steen op en legden hem in de kruiwagen. Die reden ze, elk aan een handvat, om de vijver heen, over het grasveld naar een smalle A-vormige uitloop van de tuin.

Het was een plek die overwoekerd door struikgewas meestal aan het oog onttrokken bleef. Het tuinafval werd er gestort en jarenlang had er nog wat puin gelegen van de verbouwing. Nu de struiken gesnoeid waren en de rommel opgeruimd, bood de plek een heel andere aanblik. In de punt van de A stond een appelboom, die nu pas goed tot zijn recht kwam. Aan de voet, in het gras, lagen al een paar stenen naast elkaar in een halve cirkel. Net de overblijfselen van een oude nederzetting, dacht May, zo'n plek waarbij je je kon voorstellen: hier werd het brood gebakken, of hier was ooit een wasplaats.

'Wat bouwen de dames daar, een prieel? Een badhokje?'

'Een kerk,' antwoordde Floris. Hij keek haar hulpeloos aan. 'Dédé is al weken in touw. Eerst heeft ze met een schaar een stapel oude parochieblaadjes van Nounou geplunderd, voor een plakboek, dacht ik, maar het was allemaal ter voorbereiding. Van haar grote project. Ik zei nog tegen Françoise: het waait wel weer over, maar Dédé ging onverstoorbaar door. Dagen is ze in de weer geweest om de plek bouwklaar te maken. Ze laat zich er niet vanaf praten. Het enige waar ik nog een beetje invloed op heb, is de grootte. Eerst zou het een kathedraal worden... Ja, je hebt het goed verstaan, maar toen ik haar uitlegde aan welke afmetingen ze dan bij benadering moest denken, werd het een kerk en sinds een paar dagen heeft ze haar eisen weer bijgesteld en wordt het een kapel.'

'Weer eens iets anders dan een boomhut. En nu kan Merel haar mooi helpen. Waarom moet ze ervanaf gepraat worden?'

'Een kapel voor Björn.'

'O... voor Björn... een kapel... goh.'

'Het moet allemaal heel echt, met een altaar.'

May wachtte af of hij doorging, maar het bleef stil.

'Mooi toch, dat ze dat bedacht heeft? Een gedenkplaats voor haar broertje.'

'Ik vind ook niet dat het kwaad kan. Het heeft wel iets... Ze ziet er toch ook heel tevreden uit als je haar zo ziet sjouwen? Maar Françoise is er niet blij mee.'

Ze hoefde niet te vragen waarom. Ze herinnerde zich een woordenwisseling, vorig jaar, op een avond laat na iets te veel wijn. Het ging over geloof en Françoise domineerde het gesprek. Als ze boos was praatte ze nog sneller dan anders, en formuleerde ze nog scherper.

'Maar wat wil ze eraan doen, het verbieden?'

'Ja, en dat we één lijn trekken.' Hij keek haar gepijnigd aan. 'Als ik iets verbied moet ik toch een reden hebben? En nu denkt Françoise ook nog dat het Nounous invloed is. Voor het eerst van haar leven is ze kwaad op haar grootmoeder. Die niets meer terug kan zeggen. Dat is niet goed... ik bedoel, het doet haar geen goed.'

'Wat niet?'

'In de rouw zijn en tegelijk zo... argwanend.'

Ze zweeg. Ze was het met hem eens dat Dédé haar gang moest kunnen gaan maar wilde haar vriendin niet afvallen.

'Nounou heeft in hun bijzijn gewoon gedaan wat ze al haar hele leven deed: bidden, naar de kerk gaan. En ja, natuurlijk hebben de kinderen daar wel eens vragen over gesteld. Vooral Dédé. Ik weet nog dat Nounou een keer antwoordde dat Björns ziel voortleeft, net als die van haar zoon Jean-Marie en alle andere doden. "Ze wachten ons op." Misschien heeft dat indruk gemaakt.'

'En jij? Hoe zie jij dat?'

'Hoe leg ik dat uit… Als ik me voorstel dat het echt uitgesloten is dat ik Björn ooit nog terugzie… Dat wil ik niet. Dat kan ik me ook niet voorstellen. Maar hoe dat weerzien eruitziet, geen idee. Als ik daaraan denk, heb ik alleen maar vragen. Net als in dat lied van Eric Clapton: "Would you know my name, if I saw you in heaven? Would it be the same, if I saw you in heaven?"'

'In het Twents zeggen ze niet: hij is dood. Maar: hij is oet de tied.'

'Dan is hij dus nog ergens, ja, maar op een volkomen andere manier dan wij kunnen bedenken.'

Verlegen keken ze elkaar aan, totdat zij haar blik afwendde.

'Dus jullie zijn het niet eens… En nu?'

'Je kent Dédé… Vanochtend aan het ontbijt vroeg ze of ik haar wilde leren metselen. Of eigenlijk kan ze het al. Toen ik aan het zwembad werkte, heeft ze er met haar neus bovenop gestaan. Of ik even wilde kijken of de specie dik genoeg was.'

'Metselen… En moest Françoise daar niet een klein beetje om lachen?'

'Nee, absoluut niet.'

'Is het om Björn? Wil ze misschien niet zo tastbaar aan hem herinnerd worden? Niet elke keer dat ze uit het keukenraam kijkt, bedoel ik?'

'Er bestaat niet zoiets als "aan Björn herinnerd worden". Hij zit in ons.' Floris legde een vuist op zijn borst om zijn woorden kracht bij te zetten. 'Daar hebben we geen Björnkapel voor nodig.'

Het stoort haar misschien, dacht May, de symbolen: een kapel, een altaar met kaarsen. Alsof Björn alsnog opgenomen werd in het geloof waar Françoise 'helemaal klaar' mee was. Maar ze zei het niet, alles wat zij nu bedacht kon Floris zelf ook bedenken.

'Evengoed wel een mooie naam: de Björnkapel...' Ze aarzelde. 'Als je er niet over wilt praten begrijp ik dat... Maar dat ongeluk, jullie hebben ons nooit verteld wat er precies gebeurd is.'

Hij keek haar aan, verrast, opgelucht? Ze wist niet of hij zelfs maar overwoog haar vraag te beantwoorden, want vrijwel meteen draaide hij zich om naar het raam boven de gootsteen. Toen hoorde ook zij voetstappen, eerst op de weg en daarna op het grind, een kordate tred, en het getrippel van de hond. Françoise sprak Belle monter toe, in het Frans, over wat ze allemaal van plan was vandaag: de paarden borstelen, een taartje in de oven, bespreken wat ze vanavond zouden eten.

Ze was in een opperbest humeur en repte met geen woord over Dédés project, ook niet toen uit de tuin het schrapende geluid klonk van een troffel die over een steen streek. In de schoot van haar uitgerekte trui lag een handvol pruimen en bovenop een takje lavendel waar ze May even aan liet ruiken. 'Ik ga zo nog wat voor je plukken. Doen we ze in een lapje stof met een lintje eromheen. Voor thuis, voor tussen je ondergoed.'

Waarom begreep ze niet, maar May bloosde bij het woord ondergoed en ineens vond ze het vervelend dat ze nog niet aangekleed was. Ze trok de mouwen van haar omgeslagen trui over haar slaapshirt, zodat haar tepels er in ieder geval niet zichtbaar doorheen schemerden. Françoise legde de pruimen in een vergiet en sloeg haar armen om Floris heen. Ze kuste hem op zijn neus en daarna op zijn lippen. May sloeg haar ogen neer en roerde in haar thee.

'En waar is Pieter?' vroeg Françoise. 'Nog steeds in bed? Komt hij er misschien uit als hij weet dat ik zijn favoriete taart ga bakken?'

'Als ik hem roep, draait hij zich om en slaapt nog een uurtje door. Maar als jij fluistert: "Tarte aux prunes", staat hij meteen naast zijn bed.'

'Goed, ik doe mijn best. Zetten jullie vast koffie?'

Neuriënd liep Françoise de gang in, de houten trap op. Floris wachtte tot ze buiten gehoorafstand was.

'Een andere keer, goed?'

May voelde zich nog opgelatener. Als hij nu maar niet dacht dat ze Françoise weg had gestuurd opdat zij samen over Björn konden praten.

'Maar het hoeft niet... ik vroeg het me alleen maar af.'

Hij wierp een blik naar het plafond, waarboven de logeerkamer was, waar Françoise nu aanklopte.

Door de dichte deur hoorden ze haar tegen Pieter praten.

'Niet nu,' zei Floris.

V

Het is een zomer als andere zomers, althans dat be-
looft het te worden. Ogenschijnlijk zijn er alleen wat
kleine afwijkingen in het vaste patroon dat als een
rasterwerk over de dagen ligt. De kinderen gaan dit
jaar hun eigen gang, de volwassenen hebben meer
tijd voor zichzelf en voor elkaar. De bezigheden zijn
dezelfde als andere jaren: zwemmen, paardrijden, lezen. De kippen moeten gevoerd, eieren geraapt, de
paarden verzorgd, mest geruimd. De meeste groen-
ten komen uit de moestuin, maar wat niet van eigen
grond komt, wordt gekocht in een van de naburige
dorpen.

Françoise heeft een autoloze zomer voor zichzelf afgekondigd. Voor haar werk in een verslavingskliniek in Clermont-Ferrand moet ze het hele jaar door al vier keer per week naar de stad rijden. Françoise houdt van haar werk. Zij krijgt de patiënten als eerste te zien, als ze even radeloos als dapper de kliniek binnenkomen, wetend: zo kan het niet langer. Sommigen stinken nog naar alles wat ze in hun delirium hebben laten lopen. Ze is begaan met haar patiënten en beklaagt zich niet over de dagelijks autoritten, maar het afgelopen jaar moest ze op haar vrije dag ook nog eens op en neer om Lucie van vioolles te halen. Autorijden hoort bij een leven met kinderen op het platteland, ze weet het, maar nu heeft ze er even schoon genoeg van.

Floris begrijpt haar behoefte aan alleen-zijn, aan lange ritten te paard, en doet de dagelijkse boodschappen, daarbij vergezeld door May. Als Françoise zich hardop afvraagt of haar vriendin zo wel aan vakantie toekomt, en zegt dat ze zich een beetje schuldig voelt, wuift May haar bezorgdheid weg: boodschappen doen is geen straf als je alle tijd hebt. En Pieter wil ze er niet mee vermoeien, die heeft een bloedhekel aan winkelen. Daarbij kookt hij hier veel vaker dan thuis, met deze taakverdeling kan zij heel wel leven.

De kalme, zachtmoedige naturen worden vaak ver-
onachtzaamd, niet alleen in gezelschap maar ook in
verhalen. Laten we daarom nog even bij Pieter stilstaan. De eerste dagen bracht hij voornamelijk doe-
zelend door in de hangmat of in een ligstoel naast de
vijver. Zo nu en dan schrok hij op, en wist hij een paar
seconden heel zeker dat hij iets over het hoofd had gezien. Hij werkte al jaren fulltime als roostermaker op
de universiteit. In juni had hij het rooster voor het
eerste semester moeten inleveren, na de vakantie begon hij alweer aan de vervolgroosters. Weken was hij
bezig geweest alle wensen te inventariseren. De een
wilde al zijn college-uren aaneengesloten op één dag
geven, de ander juist verdeeld over drie dagen, de
vrouwelijke hoogleraar met schoolgaande kinderen
wilde de woensdagmiddag thuis zijn. Een kleine verandering in het rooster had altijd gevolgen voor het
hele bouwwerk, maar Pieter paste en puzzelde net
zolang tot hij zag dat het goed was.

Nu kon hij op zijn lauweren rusten. Schilderen, en
eindelijk weer eens in een boek verdwijnen. Pieter
was niet iemand die maar te hooi en te gras las wat
hem onder ogen kwam, lezen was voor hem ook een
project dat hij systematisch indeelde. Elke zomer
nam hij een nieuw deel mee van de geïllustreerde
brieven van Van Gogh. Als hij dan weer een uur of
wat gelezen had, kreeg hij zin om zelf te schilderen.
Hij was een zondagsschilder die wist dat het plezier

waarmee hij zijn hobby uitoefende veel groter was dan zijn talent, en toch nam hij het serieus. Door te schilderen begreep hij de brieven beter, en andersom: de brieven leerden hem aandachtiger kijken.

Hier had hij alle tijd om een landschap op te zetten, de verf te laten drogen en pas door te gaan als hij wist hoe het verder moest. Alleen Tijmen mocht hem altijd storen. Als zijn zoon iets met hem wilde doen, liet Pieter al zijn wapens vallen. Ze maakten lange fietstochten door de heuvels, en na het eten speelden ze soms een partij schaak. Meer verlangde Pieter niet. Voor hem was het voldoende Tijmen hele dagen om zich heen te hebben, voor zolang het duurde, want aan het begin van de vierde week zou hij zijn zoon op een vliegtuig zetten naar Málaga, waar Ina hem opwachtte.

Vanuit zijn hangmat observeerde hij hoeveel mannelijker Tijmen was vergeleken bij de vorige zomer, en behaarder ook. Veertien was hij nu, op zijn knokige lange jongensbenen lag een waas van donkerblond dons. Nam Tijmen andere jaren steeds het voortouw bij spelletjes waaraan alle meisjes meededen, nu richtte hij zich vooral op zijn leeftijdgenote, Lucie. Ze raakten elkaar amper aan, maar als je hen in de vijver om elkaar heen zag cirkelen, natspatten, tussen elkaars gespreide benen door zwemmen, wist je genoeg. De eerste dagen had Merel verongelijkt gereageerd als haar halfbroer weer eens naar een ander deel van de tuin uitweek om daar met Lucie naar muziek te luisteren, maar toen hij haar gepruil niet opmerkte, liet ze hem met rust en trok verder met Dédé op. Vanzelf ontstond er een nieuw evenwicht.

Iedere dag werkten de twee jongste meisjes een poosje aan de kapel. De bouw van de boogvormige overkapping vorderde langzaam, want Dédé had bedacht dat de buitenkant veel mooier zou worden als ze hier en daar stukjes glas in het voegwerk drukten. Om te voorkomen dat ze zich sneden, had Floris hun werkhandschoenen gegeven, en als er met een hamer een fles aan stukken geslagen werd om de voorraad scherven aan te vullen, moesten ze een lasbril op. Geduldig kozen ze de mooiste stukjes uit. Soms voegde Lucie, gelokt door het geglinster, zich bij hen, en waar Lucie was dook algauw Tijmen op, en dan waren ze weer even het vierspan van vroeger.

Pieter was niet de enige, ook Françoise had de ontluikende verliefdheid tussen Tijmen en Lucie opgemerkt. Ze vond het wel charmant maar ook ingewikkeld: jeugdliefdes hielden nu eenmaal zelden stand, zei ze op een middag toen ze naast Pieter aan de rand van de vijver lag te lezen. Tijmen ging weer door naar Spanje, ontmoette daar een ander meisje, of Lucie werd verliefd op een ander. En dan wilde Tijmen natuurlijk niet meer mee volgende zomer of Lucie vond het pijnlijk dat hij kwam. Dit aantrekken, losser worden, verbreken van banden had onvermijdelijk gevolgen voor de vriendschap tussen hen allemaal.

'De een die wil de ander, maar die ander wil die ene niet,' zong Pieter.

Hij wilde zijn hand uitstrekken om de frons van Françoises voorhoofd te strijken, maar hij deed het niet. Ze was te mooi vandaag, te bloot ook in haar zwarte bikini. Dat was ze wel vaker, maar nu waren ze alleen, Lucie en Tijmen hadden zich afgedroogd en liepen, handdoek om de heupen, het huis in om iets te eten te maken. May zat in de schaduw van de grote beuk aan de andere kant van het huis te studeren en waar Floris was wist hij niet. Françoise negeerde zijn schroom en pakte zijn hand en klemde die tussen de hare.

'Ik wil alleen maar dat alles bij het oude blijft. Er verandert al zoveel, ik wil niet dat ze zo snel groot worden.'

Pieter begreep dat er iets anders was wat haar dwarszat en wachtte af tot ze erover begon. Gisteren had Dédé op de rommelmarkt van haar spaargeld een dertig centimeter hoog gietijzeren kruis gekocht, voor op het altaar in de kapel. Floris en May waren erbij en hadden haar geen strobreed in de weg gelegd. Integendeel, May zei enthousiast dat geloof ook een gave was, een talent net als de muzikaliteit van Lucie. Ze moest Dédé de ruimte geven. Zij kon het weten, op die school waar ze stage liep waren heel veel leerlingen die een hoofddoekje droegen. De een deed het uit overtuiging, de ander om zich af te zetten, weer een ander om te zien wat het effect was op mannen. Vaak liepen de motieven door elkaar, maar het had, beweerde May, geen enkele zin om die behoefte aan ritueel, aan symbolen, de kop in te drukken. 'Het was alsof ik Floris hoorde praten,' vervolgde Françoise.

Door iets scherps in haar toon trok Pieter zijn hand terug.

'Ik heb de kinderen misschien ook te vaak, te lang onder Nounous hoede gelaten. Het kwam mij ook wel goed uit dat ze daar zo graag kwamen. Maar nu vraag ik me af wat ze die arme Dédé allemaal heeft wijsgemaakt over God, Maria en de hele santen-kraam, zoals jullie het noemen. Ik bedoel: had ze dat niet even met ons kunnen bespreken?'

Dit verhaal had die middag een heel andere wending kunnen nemen, een evenwichtiger verhaal kunnen worden over buitenechtelijke liefde. Een vrouw die zich onbegrepen voelt door haar man, is een gemak-kelijke prooi. Françoise vond de lange Hollander die in zijn nieuwe zwembroek naast haar lag in het gras niet ineens veel aantrekkelijker dan in voorgaande jaren, maar wel très sympa, en intelligent. En hij rook zo lekker als hij net geschilderd had, naar olieverf en terpentijn. Ze waardeerde het meer dan ooit dat hij bereid was op haar in te gaan en met haar van mening te verschillen. Omdat Pieter aandachtig luisterde voor hij antwoord gaf, ontging het haar dat hij hetzelfde zei als haar eigen man: niets verbieden, anders wordt Dédé misschien echt fanatiek.

VI

Eerst waren ze alleen samen bij het boodschappen doen, een uur per dag hooguit. Zodra May bij Floris in de auto stapte en het portier dichttrok, was ze in zijn tovercirkel. En hij in de hare, vermoedde ze te oordelen aan de grijns die op zijn gezicht verscheen als ze het tuinpad afreden. Ze waren zich van geen kwaad bewust, want op de boodschappenlijst waren Pieter, Françoise en de vier kinderen alomtegenwoordig. In de wensen die ze aan het ontbijt hadden opgegeven, in waterijsjes, in een speciale handcrème voor Françoise, in dat ene schapenkaasje waar Pieter zo verzot op was. Als het in de supermarkt niet te krijgen was, reden ze er gerust een heel eind voor om, naar een winkel een dorp verderop.

Het was genoeg dat ze in elkaars nabijheid waren, meer verlangden ze niet, en zo nu en dan een paar te zijn in de ogen van vreemden. Een niet meer zo jong, maar wel stralend paar, zag ze aan de glimlach waarmee de marktkoopman hun de perziken aanreikte. En ze hoorde het ook, in iets zachts in de toon waarop ze toegesproken werden: 'Madame, monsieur, vous désirez?' Een amusant, onschuldig spel was het, een flirt met een ander leven. Soms werd het even verstoord doordat Floris een kennis tegenkwam die uitgebreid naar zijn gezin informeerde, voor praatjes op straat nam men hier nog alle tijd. Hoe was het met Madame, en de meisjes? Was het huis van de oude mevrouw Bellard al verkocht? Was het been van de schimmel weer genezen? Dan werd hij weer even vooral echtgenoot, vader, en zij iemand die er toevallig naast liep.

Voor er een week verstreken was, raakten ze in een ander vaarwater. Vanaf het moment dat ze de weg afreden, het huis niet meer zagen en de ramen die soms net ogen leken hen niet meer konden zien, nam de spanning toe. Opwinding die, omdat ze nog terug konden, bij Floris tot korzeligheid leidde en bij haar tot bakvissengedrag. Ze maakte onophoudelijk melige grapjes, ratelde maar door en kreeg de slappe lach om niets.

Toen ze in de supermarkt niet kon kiezen uit de vele soorten yoghurt en tot twee keer toe terugliep naar het schap met zuivel om de pakken om te wisselen, viel hij tegen haar uit. Ze was zo gekwetst en teleurgesteld door zijn humeurigheid dat ze hem niet langer om zich heen kon verdragen.

'Doe het dan zelf als je het allemaal zo goed weet.'

'Waar ga je naartoe?'

'Naar de bakker. Wacht maar niet op me, ik loop wel naar huis.'

Hij riep haar na dat ze vooral moest doen wat ze niet laten kon, het was tenslotte maar een kilometer of twaalf naar Chazelle.

In de bakkerswinkel kwam ze amper uit haar woorden. Ze wist niet meer wat er op het lijstje stond dat Floris nog in zijn borstzak had, en kocht maar wat de verkoopster aanwees. Met onder iedere arm twee stokbroden en een groot plat rond brood in de hand liep ze naar de auto terug. Maar op het moment dat ze Floris zag staan, bij het geopende portier, verdween haar boosheid. Zo berouwvol als hij keek, van vreugde wist ze niet wat ze doen moest. In een opwelling legde ze het nog warme ronde brood op haar kruin en schreed langzaam, de kin recht vooruit, naar hem toe.

'Net een Afrikaanse prinses,' zei hij toen ze voor hem stond.

Hij trok de stokbroden onder haar armen vandaan,

voorzichtig om ze niet te breken. Toen nam hij het brood van haar hoofd, plechtig alsof het een kroon was. Misschien had het ook wel iets van een ritueel, omdat ze allebei wisten wat er ging gebeuren.

Hij hield het portier voor haar open en zij stapte in. Ook hij stapte in en keek haar aan.

'Nu ruikt mijn haar vast naar brood,' zei ze. 'Jammer dat mijn neus niet bij mijn kruin kan.'

'Zal ik even ruiken?'

Ze knikte en hij boog zich naar voren, verborg zijn gezicht in haar haren.

'Niet wassen, beloof je dat? Zulk lekker haar heb ik nog nooit geroken.'

Toen boog hij zich weer naar haar toe en kusten ze elkaar voor het eerst.

Een scooter passeerde hen en toeterde luid, twee, drie maal. Had de bestuurder de opvallende blauwe Chevrolet herkend of toeterde hij zomaar wat, uit baldadigheid? Abrupt maakte Floris zich los uit hun omhelzing, startte en reed weg.

Zij wilde niet als eerste iets zeggen. Wat nu, hoe moet dit verder, maalde het door haar hoofd, wat zijn we aan het doen? Zwijgend reden ze in de richting van Chazelle, maar vlak voor de weg naar huis nam hij een andere afslag, naar een onverharde weg die slingerend naar beneden liep en uitkwam op een smal pad met diepe hoefafdrukken. Even had ze een visioen van Françoise die hun hoog te paard tegemoetkwam. Halverwege het ruiterpad, in een bocht waar ze vanaf de weg niet langer zichtbaar waren, zette hij de auto stil en omhelsde haar nogmaals, minder voorzichtig nu.

Een hele poos zaten ze daar, de portieren wijd open, te beduusd om te praten. Ze keken elkaar alleen maar aan, kijken werd strelen werd kussen. Een kus aarzelend afgebroken om elkaar weer in de ogen te kunnen zien. Het briesje dat zo nu en dan door de auto waaide bracht amper verkoeling. De zon stond op zijn hoogst, geen boom in de buurt die wat schaduw bood. In het gras langs het pad tsjirpten de krekels eentonig, waardoor het nog broeieriger leek.

Floris had zijn hoofd nu tegen haar borst gelegd, haar kin rustte op zijn kruin. Haar blik ging naar een zelfgeknutseld portretlijstje in de vorm van een klavertjevier dat aan de achteruitkijkspiegel bungelde. Floris had het drie jaar geleden op zijn veertigste verjaardag van zijn dochters gekregen. Ze had het vaker gezien, nu pas bekeek ze het goed. In ieder blad zat een fotootje: Françoise, Lucie en Dédé en Belle, als jonge pup. De familie Vrijbloed had het witte hondje kort na hun verhuizing hierheen in de familiekring opgenomen. Om iets zachts kleins, nieuw leven om zich heen te hebben, vermoedde May. Ze drukte een kus op Floris' kruin, hij keek omhoog.

'We moesten maar eens naar huis. Voor ze argwaan krijgen.'

Ze merkte dat hij zorgvuldig vermeed hun namen uit te spreken.

'Morgen samen lunchen?' stelde hij voor.

'Is dat een goed idee? Je kent hier zoveel mensen.'

'Picknicken dan, plekken zat waar nooit iemand komt.'

Ze vroeg hem hoe hij dat dacht te doen, zonder dat het thuis in de gaten liep. Maar daar verzon hij wel iets op, zei hij zelfverzekerd.

Als May zichzelf tot op dit moment nog had kunnen wijsmaken dat ze wist wat ze deed en hoe ver ze wilde gaan, dan wist ze nu beter. Ze was niet langer een vrouw die haar man trouw zou zijn tot de dood hen scheidde. De laatste kilometers terug naar huis bedachten ze het ene alibi na het andere om zo veel mogelijk tijd samen door te brengen, morgen en overmorgen en alle dagen daarna.

VII

Het waren geen rillerige, verwaarloosde minnaars die zich aan elkaar laafden. In Floris' huwelijk was wel sprake van een zekere afstandelijkheid van de kant van Françoise, maar die was recent en geen excuus om zijn toevlucht bij May te zoeken. En ook haar begeerte kwam niet voort uit armoe, niet uit gebrek aan aandacht, niet uit nooit meer aangeraakt worden of onvrede over de wijze waarop ze bemind werd. Er waren wel grieven, maar geen onoverkomelijke. Geen tekort, eerder de vanzelfsprekendheid van liefde maakte hen overmoedig.

Ze speelden het klaar haast iedere dag een uurtje

ongezien samen te zijn. Er waren genoeg dichte bosjes en beschutte strandjes langs de Sioule waar niemand kwam, en algauw hadden zij hun vaste schuilplek. Vanaf de auto liepen ze er hand in hand naartoe, spreidden een badhanddoek uit en gaven zich gulzig aan elkaar over.

Als May 's nachts klaarwakker naast haar slapende man naar de balken staarde, probeerde ze haar ademhaling te vertragen, haar opwinding te temperen door verstandige dingen te denken: het loopt niet uit de hand. Ik weet wat ik voor Floris voel, en wat het voorstelt. Het komt niet alleen door hem, maar ook door de omstandigheden. Ik heb hier nu eenmaal niets anders aan mijn hoofd, het is zomer en we zijn hier altijd buiten.

Boog hij zich over haar heen, dan zag ze over zijn schouder door het bladerdek de blauwe hemel, en boven de boomtoppen soms een roofvogel zweven. Als ze met hem vree, rook ze niet alleen zijn haar, zijn door de zon verwarmde huid maar ook het bos, de aarde, en soms de herfst al. Hun bed was het mos en wat bladeren, bij iedere beweging hoorde ze geritsel, en behalve zijn ademhaling, zijn zoemend gekreun, op de achtergrond ook altijd het ruisen van het water. Geen wonder dat ze zo hoog werd opgetild, zich wijder voelde dan ooit, vloeibaarder, vruchtbaarder, ondanks de pil die ze met tegenzin slikte.

Ook Floris probeerde zijn hoofd erbij te houden.

Het kwam niet alleen door hoe ze was, of wie ze werd als hij naar haar keek. Niet alleen door dat lieve spekkige buikje en die billen om in te bijten. Alles aan haar ontroerde hem: hoe ze luisterde als hij iets vertelde, haar onbevangen manier van vragen stellen, het gaatje in haar verschoten gymschoen op de plek van de grote teen, het moedervlekje onder haar rechterschouderblad, het halflange haar, zo zwaar dat geen speld of klem het kon temmen. Maar vooral: dat niemand mocht weten dat hij haar zo zag, ja dat maakte haar pas echt onweerstaanbaar. Als hij dat nu maar voor ogen hield.

Zoals gewoonlijk hadden ze het scenario een dag van tevoren doorgenomen, scène voor scène: de kinderen afzetten bij het meer in Saint-Gervais, en aankondigen dat zij intussen boodschappen gingen doen. Na anderhalf uur zouden ze hen weer ophalen met de mededeling dat ze al die tijd in de garage hadden zitten wachten. Autopech. Helaas. De boodschappen moesten nog gedaan. Wie wilde kon mee, de anderen moesten maar zolang in de auto blijven.

Toen ze het parkeerterrein bij het meer opreden om de kinderen af te zetten, zei Merel met een dun stemmetje dat ze geen zin in zwemmen had. Ze had het warm en ze had keelpijn. 'Ik wil liever met jou mee, mama.' May probeerde haar op andere gedachten te brengen, eerst kalm en vriendelijk, maar gaandeweg ongeduldiger. Merel pakte haar hand en bracht hem naar haar voorhoofd. Inderdaad, ze had verhoging, maar May negeerde het en stond erop dat ze gewoon met de anderen meeging. Pas toen haar dochter in tranen uitbarstte, gaf ze toe dat ze misschien wat te streng was geweest en toonde zich bezorgd.

Floris haalde zijn schouders op, maar zij kon het niet zo laconiek opvatten. Ze was danig in de war, niet alleen doordat hun plannetje doorkruist werd maar vooral door haar reactie: ze schaamde zich dat ze haar eigen verlangens belangrijker vond dan het welbevinden van haar kind. Haar enig kind, van wie ze altijd dacht en beweerde: van haar houd ik het allermeest, voor haar zou ik mijn leven geven. Zo hard als ze tegen Merel was geweest, als een verslaafde die haar shot niet krijgt.

Op het moment dat dit haar daagde, had ze nog met de verhouding kunnen stoppen. Maar terwijl ze met Merel tussen hen in achter een volle boodschappenkar in de rij bij de kassa van de Carrefour stonden, zon ze al weer op een nieuwe smoes om aan het eind van de middag nog even met haar minnaar te ontsnappen. Tenzij Merel echt ziek werd, dan niet natuurlijk.

Ook Floris had een vluchtig moment van inzicht. Terugkomend van een rendez-vous met May trof hij Françoise in de keuken aan met Dédé op schoot. Ze bladerden door een boek over Franciscus van Assisi dat Françoise als kind op haar naamdag had gekregen. Op een van de tekeningen stond de monnik afgebeeld in zijn bruine pij, terwijl hij een preek hield voor een grote schare mussen. Dédé vertelde wat ze zojuist te weten was gekomen, ze struikelde over haar woorden. Die Franciscus kon met dieren praten en met bloemen en met de zon. Op een dag had hij van God te horen gekregen dat hij een kerk moest bouwen, maar hij had geen stenen en ook geen geld om ze te kopen en toen was hij in Assisi van deur tot deur gegaan om steen voor steen bij elkaar te bedelen.

'Ja, hij kreeg ze niet van zijn vader,' zei Françoise. 'Laat staan dat zijn vader hem bij de bouw van de kerk hielp.' In haar stem klonk geen spoor van kritiek. Ze keek hem over Dédés hoofd aan en hij zag dat ze spijt had en wist weer hoeveel hij van haar hield. Hij voelde de sterke verbondenheid die tussen man en vrouw ontstaat als ze door een gebeurtenis, klein of groot, even vooral vader en moeder zijn, ouders van. Vertederde, trotse, bezorgde, wanhopige ouders, maar niet zo erg of het is te dragen, want ze doen het samen.

Toch ging zijn geheime liaison met May hierna gewoon door. Iedere oprisping van schuldgevoel bedolf hij onder plannetjes waar ze alle acht plezier aan beleefden: een wandeltocht met picknick bij een waterval en daar hout verzamelen voor een kampvuur, samen cantharellen zoeken, op zondagavond met zijn allen naar een restaurant in de buurt. De pater familias verzon het, regelde het en betaalde. Hij merkte niet eens dat hij, anders dan andere jaren, na ieder gezamenlijk eten de rekening van het bordje griste voor zijn vriend dat kon doen. Maar toen hij zag dat Pieter het niet prettig vond betaalden ze weer om en om of uit de pot. Als Floris iets niet wilde, was het zijn vriend publiekelijk in verlegenheid brengen.

VIII

Aan het eind van de tweede week sloeg het weer om. Voor de kinderen was het te kil om lang bij het meertje van Saint-Gervais rond te hangen, ze vermaakten zich nu in en rond het huis. Halen en brengen naar meren en rivierstrandjes kon niet meer als uitvlucht dienen, de dagelijkse boodschappen evenmin. Françoise, inmiddels voldoende uitgerust, deed de boodschappen meestal zelf. Dan verscheen ze aan het ontbijt met vers brood en manden vol etenswaar, très contente dat ze alles in huis had: nu kon iedereen verder tenminste doen waar hij zin in had. De geliefden liepen een dag lang verongelijkt rond, alles zat opeens tegen. Ze lieten zich niet tegenhouden door een paar rode mieren, maar nu was het ook nog eens te koud om elkaar in het bos te beminnen.

Hun nieuwe schuilplaats was een leegstaand huis in Chouvigny dat Floris na de zomer ging verbouwen. Toen ze het huis voor het eerst betraden, bezwoer hij May dat Françoise hier nog nooit geweest was. Het huis was gekocht door een Engelse kunsthistorica die er af en toe een paar weken in afzondering wilde werken. Ze had wel een paar wensen geuit, maar het aan hem gelaten een plan voor de verbouwing te maken.

Het witte huis was tegen een heuvel aangebouwd en keek uit over het dal van de Sioule. Niet ver ervandaan lag een kleine ommuurde begraafplaats, waar in de zomer altijd wel een paar auto's stonden van wandelaars die hun tocht in Chouvigny begonnen. Hier konden ze discreet parkeren. Het huis had de ideale ligging, met de rug naar de iets hoger gelegen weg. De ossenbloedrode luiken aan de straatkant bleven dicht; het touwtje dat de bel in de gang met de trekker naast de voordeur verbond, sneed Floris door met één haal van zijn zakmes.

Iedere keer dat ze elkaar in Chouvigny ontmoetten – hun smoezen waren even eenvoudig als geraffineerd en niemand die bij de constatering dat zowel hij als zij er niet was, op het idee kwam dat die twee samen weg waren – brachten ze iets mee. Een deken, kussens, kaarsen, een lege jampot voor de bloemen die weelderig, als op een schilderij van Renoir, om het huis groeiden. Door het huis, door een dak boven hun hoofd, sloop er iets nieuws in hun verhouding. Ze leefden niet langer alleen maar in het heden.

Floris zag steeds duidelijker voor zich wat hij met het huis wilde, en May dacht met hem mee: het raam dat uitzag op het dal kon vervangen worden door een groter raam, of openslaande deuren naar een balkon. Die muur tussen twee kleine kamers boven kon weg zodat er één grote slaapkamer ontstond. Het versleten zeil beneden moest eruit, want eronder lag een prachtige planken vloer. Kapotte planken herstellen, besloot Floris, en dan het hele oppervlak in de olie, vulde May aan, lijnolie rook ook zo lekker.

Door hun voorstellingen hoe het huis mooier, lichter, gerieflijker te maken, schiepen ze in hun hoofd een ruimte waar ze een toekomst hadden. Ze spraken het niet uit, maar als ze elkaar aankeken wisten ze genoeg. Ze waren als kinderen die onder tafel huisje spelen.

May fantaseerde steeds vaker hoe het zou zijn naar de Auvergne te verhuizen, met Floris samen te wonen, nog een kind te krijgen. Aan tafel vonden de anderen haar vaak stil, en vroegen wat er was. Om niet steeds een andere leugen te hoeven bedenken, antwoordde ze dan maar: ik zie als een berg tegen mijn scriptie op, ik had er allang aan moeten beginnen.

Eindelijk even alleen overpeinsde ze de obstakels die een leven met Floris in de weg stonden. Het huis in Chazelle was van de familie Bellard geweest, Françoise bleef hier wonen met de kinderen en de dieren. Françoise was zo onafhankelijk, in ieder opzicht, nee die redde zich wel…

Maar als ze haar dan voor zich zag, zonder Floris in ditzelfde huis, deinsde ze terug en schudde de fantasie van zich af. Een paar uur lukte het haar niet vooruit te denken, niet verder dan deze zomer – tot ze een huis zag met een bord À VENDRE op het erf. Zij zou met Merel hierheen verhuizen, leegstaande huizen genoeg in deze streek, voor een bedrag waar je in Amsterdam nog geen garage van kocht. De verbouwing kon Floris zelf doen en zij zou hem helpen. Als Dédé kon leren metselen, kon zij het ook. En als ze hier eenmaal woonde, met Merel en Floris, wat dan, hoe moest het verder? De scriptie kon ze hier ook wel schrijven, maar daarna, als ze afgestudeerd was? De Auvergne raakte steeds dunner bevolkt, op een Nederlandse lerares Frans zaten ze hier vast niet te wachten.

Verliefdheid maakte haar vitaal en voor ieder probleem zag ze wel een oplossing, of ze vertrouwde erop dat die er zou komen. Behalve voor het feit dat ze al een man had. Hoe moest ze Pieter zeggen dat ze bij hem wegging en Merel meenam? Hoe moest ze haar dochter die boodschap brengen, en stel dat ze niet mee wilde. Of wel mee wilde… Pieter die de deur van zijn dochters kamer opende, op het bed ging zitten waar zij nog maar zelden in sliep, hooguit in de vakanties en zo nu en dan een lang weekend. Nee, hij zou geen rechtszaak aanspannen om meer uren, dagen, vakanties met zijn kind samen te zijn, daar geloofde hij niet in. Toen hij van Ina scheidde niet, en nu niet, maar als hij meende dat Merel beter af was bij hem, dan waren de rapen gaar. Dan kreeg zij haar kind alleen nog op gezette tijden te zien, volgens afspraak, in een uitgekiend rooster. Dan wachtte haar een toekomst van hongerige omhelzingen op vliegvelden en perrons, van altijd maar afscheid nemen. Zo'n leven wilde ze niet. Pieter liet Merel gaan, hij bracht het 'offeur', zoals Françoise het bij hun eerste ontmoeting genoemd had, nog eens… Dat kon niet. Niet weer, niet Pieter. Dat mocht ze hem niet aandoen. Een hart kon ook breken. Floris en zij konden pas een paar worden als Pieter er niet meer was, eerder niet.

Hier zou dit verhaal opnieuw een andere wending kunnen nemen, een misdaadroman worden over twee geliefden die nog nooit een vlieg kwaad hebben gedaan. Tot een van hen de gedachte toelaat – eerst in stilte, later hardop – hoeveel vrijer ze zouden zijn als hun echtgenoten niet meer in leven waren. Het decor kan hetzelfde blijven, de Auvergne is een heuvelachtige streek met diepe kloven. Maar zo'n verhaal wil dit niet worden, moordenaars worden onze geliefden niet. En toch vindt het gif zijn weg.

Naarmate de verliefdheid tussen May en Floris groeide, werden Françoise en Pieter onzekerder. Pieter snapte niet waarom hij zo moe bleef dit jaar, op het indolente af, alsof hij iets onder de leden had. Meestal was hij na een week of twee in Chazelle toch wel uitgerust en kon hij bergen verzetten. Misschien omdat Tijmens vertrek naderde? opperde May. Hij knikte, misschien ja, maar waarom trok hij zich dat dit jaar dan erger aan dan anders?

Ook Françoise voelde een dreiging die ze niet begreep. Het was alsof ze rook dat haar echtelijk bed niet meer veilig was, nu Floris daar 's nachts vaak lag te woelen. Ze tobde over van alles en nog wat. De ene keer moest de veearts komen, op zondag, want haar paard, Jules, gedroeg zich zo vreemd. Alsof het sintjanskruid of iets anders schadelijks had gegeten. Er bleek niets aan de hand, niet met Jules en ook niet met Lucie, een paar dagen later. Haar dochter had geen vioolarm, de boiler lekte geen gas, en de remmen van haar Peugeot deden het prima. Françoise werd iedere dag besprongen door weer een nieuwe angst. Omdat ze de oorzaak niet kende, zocht haar paniek steeds een andere uitweg.

Soms wilden Floris en May wel erkennen dat de onrust van de bedrogen echtgenoten iets met hen te maken had, maar meestal niet. Verliefdheid maakt ego-centrisch, en blind voor oorzaak en gevolg. Het kwam Floris wel goed uit te denken: wat klaagt mijn vrouw toch veel de laatste tijd, geen wonder dat ik mijn heil zoek bij een ander. En het paste heel wel in Mays verliefde straatje te vinden dat Pieter zich de laatste tijd ouwelijk gedroeg voor zijn vijftig jaren. Als je hem zo zag naast Floris, zou je niet denken dat ze maar zeven jaar scheelden.

Er waren ook momenten dat ze het wel begrepen. Op een zaterdagmiddag kwam Françoise terug uit Saint-Éloy-les-Mines met een jurk die ongetwijfeld heel duur was geweest maar er goedkoop uitzag. Een veel te kort en strak jurkje met een print van roze bloemen en panterkoppen. Ze had er een paar punti-ge cowboylaarsjes bij gekocht.

De volwassenen zouden die avond gevieren uit eten gaan, de kinderen aten pannenkoeken die Tijmen en Lucie in de keuken aan het bakken waren. Toen Fran-çoise in haar nieuwe outfit het terras opliep, viel er een verlegen stilte. Een hunkerend jurkje, meer viel er niet over te zeggen. Als Lucie het had gekocht, zou je denken: ontroerend, het meisje ontdekt haar vrou-welijkheid, experimenteert wat en slaat de plank dus ook wel eens mis, maar gedragen door een ruim veer-tigjarige maakte de jurk een desperate indruk.

'Jullie vinden het niks, ik zie het al. Maar wen er maar aan want ik ga me niet nog eens verkleden.'

Françoise schonk een groot glas cider in.

Pieter mompelde verlegen dat hij geen verstand had van mode. Hij probeerde zich eruit te redden door op professorale toon te informeren wat de belangrijkste inspiratiebron geweest was voor de mode van deze zomer: het circus, safari, Hawaï? Smekend keek hij naar zijn vrouw: zeg jij eens wat. Het was alsof ook hij voelde dat er iets op het spel stond, dat de nieuwe jurk iets moest bewijzen.

Om de aandacht af te leiden, wees May naar het weiland. 'Kijk nou toch, wat mooi. Als dat geen liefde is.' Daar stonden de paarden, Jules en Justine, zij aan zij, de hoofden in tegenovergestelde richting. Jules probeerde met zijn staart de vliegenzwerm rond Justines ogen weg te zwiepen, en zij deed hetzelfde voor hem. Ook de anderen keken nu naar de paarden en vervolgens even naar elkaar, om zich te vergewissen dat ze hetzelfde zagen. Niemand zei meer iets, het briesen van de dieren deed het nog stiller lijken. Floris en May staarden in de verte, over de paarden heen, en durfden elkaar niet aan te kijken.

IX

Over een paar dagen zat Tijmens vakantie in Chazelle erop. Zoals ieder jaar mocht hij zijn galgenwen-
sen kenbaar maken. De laatste avond zouden ze buiten barbecuen, als het weer het toeliet, en morgen
wilde hij kanoën op de Sioule. Het was niet de eerste
keer dat hij erover begon, en niet voor het eerst dat
Françoise en Floris elkaar hierbij bedenkelijk aankeken. Dit keer wilde hij de tocht niet samen met zijn
vader maken, maar met Lucie. Zij wilde ook niets liever dan met Tijmen in een bootje de rivier afzakken,
met broodjes mee en iets te drinken.

'Heb jij al iemand gesproken die dit jaar de rivier is

afgevaren?' vroeg Françoise aan Floris.

May bladerde door de folder van een kanoverhuurbedrijf, die Tijmen vorige week bij het Office de Tourisme had opgehaald. Je kon een kano huren voor de hele dag, maar ook voor een paar uur. Ze bekeek de getekende blauwe rivier op het kaartje: veel bochten en watervallen, maar niet ieder parcours was even zwaar. Als bewijs stond de folder vol foto's van kinderen, jonger dan Tijmen en Lucie.

'En als wij het nou eerst eens probeerden?' vroeg ze en ze keek van Françoise naar Pieter, en als laatste naar Floris. 'Als mijnparkieten. En als wij levend thuiskomen, zonder al te veel gekneusde ribben, kunnen Lucie en Tijmen morgen gaan.'

'Ik peins er niet over. Het water is me veel te koud,' protesteerde Françoise. Ze rilde overdreven.

May riep dat ze het nooit koud had, helemaal nooit. Ze hoorde zelf ook hoe stoer het klonk. Het was niet voor het eerst deze vakantie dat ze haar vriendin probeerde te overtroeven, ze wilde het niet, het was gebeurd voor ze er erg in had. Maar Françoise merkte het niet op en zei: 'Laat de mannen toch samen gaan, lieverd, daar zijn het mannen voor.'

Pieter had helemaal geen zin om zijn mannelijkheid in een kano te bewijzen. Dat onstuimige water en al die rotsen, hij schudde het hoofd. 'Eén keer heb ik met Ina in een kano gezeten. Een fiasco. De boot liep meteen vol en we hadden niks bij ons om mee te hozen. En hoe het kwam weet ik niet maar ik sloeg de hele tijd met mijn peddel op haar kop.'

'Per ongeluk toch mag ik hopen?' vroeg Floris, bij-na juichend, want hij rook zijn kans. 'Goed, als nie-mand anders proefkonijn wil zijn gaan May en ik wel. Vanmiddag dan maar of had je andere plannen?'

Ze zouden van Pont-de-Menat naar Saint-Gal varen, een tocht van ongeveer drie uur. Van Saint-Gal reed er een busje terug naar het beginpunt. Op de oever lagen ze al klaar: grote gele plastic bananen, zij aan zij op hun kop zodat het regenwater er niet in liep. Er stonden plassen rond de boten, vanochtend had het af en toe geregend, maar sinds een uur was het droog. In een barak naast het parkeerterrein rekenden ze af, een luttel bedrag, maar op het bord boven de balie hing een waarschuwing in rode letters: de boetes bij verlies van peddels of boot.

De jongen achter de balie gaf hun een plastic ton mee waar ze hun droge kleren in konden bewaren, en liet zien hoe ze de ton achter in de kano moesten vast-binden. May propte er een handdoek en een trui in en wilde haar gymschoenen uittrekken toen de jongen haar streng terechtwees: schoenen aan. Ze sputterde tegen, maar Floris gaf hem gelijk: je moest op alles voorbereid zijn. Als je op het water tot de ontdekking kwam dat je niet de juiste kleding aanhad of je mate-riaal niet in orde was, was het te laat. Terwijl Floris haar in haar zwemvest hielp en erop toezag dat ze de banden goed vastsjorde, keek zij telkens over haar schouder naar de rivier. Over een meter of honderd wachtte de eerste waterval, een kleintje, net een glijbaantje in een pierenbad.

Zij mocht voorin zitten. Even dacht ze dat hij haar als blijk van liefde het mooiste uitzicht gunde, maar het had een praktische reden: hij was de stuurman. Zij mocht alleen peddelen als hij het zei. Met hun peddels duwden ze de boot af, naar het midden van de stroom, en lieten zich meevoeren. Meteen voelde ze de kracht van het water. Ze deden niets en toch werden ze meegetrokken, de rivier af. Vanaf hier was nog maar een klein stuk te zien: eerst kwam die waterval, vlak voor de oude stenen brug, daarna een bocht. De rest van de rivier was nog aan het zicht onttrokken.

Ze haalde diep adem en probeerde zich te ontspannen. Op de foto's in de folder had de Sioule dezelfde grijsgroene kleur, maar hij bewoog niet. De gele peddels staken vrolijk af tegen het wit van het bruisende water, maar dat stond stil, alsof zo'n lachende kanoër het geweld met zijn peddel dirigeerde.

Het geruis van de eerste stroomversnelling, 'cascade', zei Floris, kwam al dichterbij, een geluid alsof er tientallen badkuipen tegelijk volstroomden. In de opwinding vergat May wat hij gezegd had en doopte haar peddel in het water. Heel even, maar de boot reageerde meteen en zwenkte naar rechts, naar de oever waar ze juist ver vandaan wilden blijven.

'Wat zei ik nou!'

Floris begon verwoed te peddelen. Tevergeefs, hij kreeg de kano niet meer in zijn macht. En zo voeren ze achterstevoren hun eerste waterval af, gadegeslagen door een paar wielrenners op de brug, die afgestapt waren om dit schouwspel eens goed te bekijken. Iets verderop, in rustiger vaarwater, lukte het hem de boot te keren. Voorzichtig, bang de kano uit balans te brengen, draaide ze zich om.

'Sorry, ik zal het nooit meer doen.'

Een tijdlang werden ze vanzelf op de stroom meegevoerd. De rivier was hier breed en kalm. Floris had zijn knieën opgetrokken, zodat zij ertegenaan kon leunen. Af en toe helde ze haar hoofd naar achteren om te zien of hij ook zo genoot. Na bijna vier zomers dacht ze deze streek toch wel te kennen, maar vanaf de rivier leek het een ander landschap. Er was geen betere manier om ermee samen te vallen dan je stroomafwaarts te laten zakken, in stilte. Om hen heen alleen het geruis van de Sioule, en zo nu en dan een zacht gebonk als de boot een steen schampte.

Langzaam gleden ze door het landschap. Aan beide oevers groeiden bomen, waarvan de takken zo ver over het water reikten dat je ze aan kon raken. Als de rivier zich verwijdde tot een bekken, een stilstaand meer bijna, dan werd het groen op de oever weerspiegeld in het water. Magisch, alsof de bomen zich naar het water over bogen om zichzelf te bewonderen. En zij, in het bootje, konden niet kiezen wat mooier was, echt of spiegelbeeld.

Soms werden de bossen gaandeweg minder dicht en voeren ze een poos langs kale, donkergrijze rotsen. Scherp en donker tekenden ze zich af tegen de blauwe lucht. Veel spraken ze niet, bang de stilte te verstoren. Ze wezen elkaar op vogels die langs de rotswanden scheerden, en af en toe wist Floris hun naam: een oeverzwaluw, een ijsvogel. 'Hoor je dat? Een wielewaal.' En zij wees hem op de libelle die met haar doorzichtige vleugels, paars, groen en goud, vlak boven het water voor hen uit slalomde.

Iedereen die een nieuw gebied betreedt en onder de indruk is, verheugt zich erop er later over te vertellen. Floris en May daarentegen wisten dat ze iets meemaakten waar ze bij thuiskomst niet veel over kwijt zouden kunnen. Dat ze de tocht samen maakten, gaf er een andere kleur, een andere lading aan. Hoe gelukkig ze ook waren, het vooruitzicht het belangrijkste voor zich te moeten houden stemde hen bij vlagen eenzaam, waardoor ze zich met nog meer overgave tot elkaar richtten.

'Ik hou van je,' zei Floris na een van hun lome

stroomafwaartse kussen. 'Laten we niet in Saint-Gal aanmeren maar gewoon doorvaren.'

'Waarheen?'

'We stromen de Loire in, naar Orléans, langs al die kastelen, Tours, Nantes…' Het bleef stil, hij hield op met peddelen en streek met zijn vrije hand door haar haren. 'We varen vanzelf een andere zone in. Daar gebeurt iets met de tijd. We blijven een eeuwigheid weg, of zo lang… zo lang als we samen willen zijn, maar de anderen missen ons niet. Voor hen is het als-of we maar een paar uur weg zijn geweest.'

'Maar voor ons is het een eeuwigheid. Waar leven we al die tijd dan van?'

'Ik maak een hengel. Van een tak, takken genoeg. Iedere avond vang ik een paar forellen en die bakken we op een vuurtje. En we slapen in een hut met een dak van bladeren. Bij zonsopgang varen we weer door.'

'We wassen ons in de rivier. Toch goed dat ik die handdoek bij me heb.'

'Daar moeten we dan wel een eeuwigheid mee doen.'

'Hoelang is dat?' vroeg ze, terwijl ze haar hand door het water haalde.

'Zolang als het duurt voor de rivier in zee uitmondt, een jaar of veertig. Dan strek ik mijn benen en trek je tegen me aan. We gooien onze peddels weg en laten ons de Atlantische Oceaan opdrijven. Onze boot is meteen onze doodskist.'

'Ik wil niet meer terug,' zei ze, zo zacht dat het maar de vraag was of hij het verstond.

Ze hoorden het geruis al van verre. Het vulde de hele kloof, werd weerkaatst tegen de rotsen, overstemde het gekwetter van de vogels. Met zijn peddel wees Floris naar een grote steen die boven het kolkende water uitstak. Waarschijnlijk lag hij daar al tienduizenden jaren, midden in de stroom. Water en zand hadden hem afgevijld, glad en rond als een nijlpaardrug was hij nu.

'Als we niets doen, worden we er vanzelf omheen gevoerd.'

Floris tilde zijn peddel vast uit het water. Eerst leek hij gelijk te krijgen, de boot bleef op veilige afstand van de steen, maar toen ze er voorbij hadden moeten schieten, zwenkte de punt van de kano weer naar rechts. Een schurend geluid langs de bodem, toen een schok, de boot werd dwars op de steen gekwakt. De rots bleek een veel groter plateau waarvan slechts een deel boven het water uitstak. Het was alsof een onzichtbare hand hen met boot en al op een stenen tafel had geplant. Floris zette de peddel tegen de rots en duwde, maar de boot bleef muurvast liggen. Ze schoven met hun billen over de bodem van de kano, maar wat ze ook deden, schuiven, schommelen, de boot bleef waar hij was.

Wat te doen? De rivier zou niet ineens minder hard gaan stromen, haar loop verleggen. Het was geen kwestie van geduld, er was hier geen getij dat hen op zeker moment op zou tillen en meenemen. May wees naar de rechteroever: konden ze daar niet naartoe waden? Maar Floris gaf haar zijn peddel aan en gebood haar te blijven zitten.

'Ik ga het water in en trek ons los.'

Hij was er al uit, tot aan zijn middel stond hij in het water, zijn handen om de achterplecht geslagen. Zijn bruinverbrande gezicht werd paars van inspanning, de aderen in zijn hals zwollen op. Niet alleen moest hij de boot, met haar erin, van de rots zien te trekken, maar ook tegen de kracht van de stroom in werken. Hij kreunde, het was te zwaar, zelfs voor hem. Het water was ijskoud, nog even en hij kreeg kramp in zijn spieren.

'Laat mij eruit, dan is-ie lichter.'

'Te gevaarlijk.'

'Ik heb toch een zwemvest aan.'

'Zitten!' snauwde hij.

Hij trok en sjorde, sjorde en trok als een tandarts die een kies probeert los te wrikken. Er leek geen beweging in de kano te komen, tot ze weer een schurend geluid hoorde, en voelde hoe hij met een schokje losschoot en met de punt stroomafwaarts kwam te liggen. Opgelucht keek ze achterom, maar Floris had zijn ogen stijf dicht.

'Ik hou hem niet…'

Er was geen tijd om te overleggen. Ze helde voorover en stak haar peddel in de bodem, tussen rots en boot. Met alle kracht die ze in haar armen had, hield ze de boot tegen. Het volgende moment veerde de punt op, zijn knieën schampten tegen haar ribben, Floris was weer aan boord.

Snel werden ze door de stroom meegesleurd. Ze gaf hem zijn peddel terug. Veel tijd om van de schrik te bekomen werd hun niet gegund, want de volgende bocht naderde. Moeiteloos scheerden ze langs kleine en grote steenhopen, ontweken een boomstam, zwierden de bocht door. Allebei tegelijk zagen ze hem liggen: de langverwachte grote waterval, nog zo'n honderd meter te gaan, en meteen daarna in een bocht in de diepte, meters lager, een rots.

'Die moeten we niet raken!'

Doordat ze zijn gezicht niet zag, hoorde ze de spanning in zijn stem des te scherper. 'Peddel binnenboord. Klem hem maar tussen je benen.' De laatste zinnen schreeuwde hij om het almaar luider wordende geraas te overstemmen.

Steeds sneller voeren ze op de waterval af. Ze hield zich vast aan de rand, de peddel tussen haar opgetrokken knieën. Vlak voor de duik naar beneden, een val van een meter of anderhalf, hield ze haar adem in. Zo angstaanjagend… als ze dit vooraf geweten had, had ze het nooit gedurfd… Of juist wel… De snelheid. Het geruis. Het tumult in haar oren vulde haar hoofd, raasde door haar hele lichaam. Plenzen ijskoud water gutsten over hen heen toen ze de diepte in doken.

Voor ze het wist waren ze beneden, maar op het moment dat zij haar triomfkreet slaakte, voelde ze een klap tegen de rechterkant van de kano, een dreun die zich via haar wervels voortplantte naar haar nek en hoofd. In een reflex trok ze haar handen binnenboord, haar hoofd tussen haar schouders. Naar links dook ze, weg van de steenmassa, en toen sloegen ze om.

Grond onder haar voeten. Niets gebroken, en haar hoofd had de rots niet geraakt. Ze plantte haar benen wijd uit elkaar om staande te blijven. Om haar heen kolkte het water, maar de kano lag strak op zijn kop tegen de rots aan. De stroom hield hem op zijn plaats.

Ze keerde zich om: waar was Floris? In de draai om haar as schoot haar reddingsvest omhoog, over haar kin, mond, neus. Nog even en ze zou het verliezen. Stel dat ze meegesleurd werd, hier kon ze staan... maar verderop... Met een ruk trok ze het vest omlaag. Haar blik ging stroomafwaarts, daar dreven hun peddels, maar Floris was nergens te zien. Of was hij misschien al veel verder weg, bij de tak die als een gespierde arm over de rivier heen reikte? Lukte het hem die te pakken, dan kwam hij er wel uit. Daar, ja daar bewoog iets in het groen... of was het de luchtstroom boven het water waardoor de bladeren bewogen?

'Floris? Floris!'

Ze riep hem nog eens maar er kwam geen antwoord. Ze bukte zich en tastte onder water, voelde met haar voeten of hij op de bodem lag. Zakte nog verder door haar knieën, tastte dieper. Bang dat ze hem niet zou voelen, banger nog dat ze hem wel zou vinden, liggend op de bodem, haar hiel in zijn vlees. Als hij niet was meegedreven op de stroom, waar was hij dan wel?

'Floris!'

Toen dook hij op, vlak naast haar. Verbijsterd keken ze elkaar aan. Onder de gekapseisde kano, zo dichtbij, al die tijd... Geen schrammetje te zien, geen bloed, godzijdank. Hij zag alleen spierwit en zijn pupillen waren groot en donker.

'Je leeft nog,' zei hij hijgend, en hij bleef maar herhalen dat ze nog leefde, terwijl hij haar hoofd tussen zijn handen nam en haar aanstaarde, alsof hij niet kon geloven dat zij daar werkelijk stond, naast hem tot aan haar middel in het water.

'Ja, ik leef nog...' Ze maakte zich los en legde haar hand op de rand van de boot. 'We hebben de kano nog... gelukkig...' Het drong niet tot hem door. Dat de peddels weg waren, had hij nog niet opgemerkt.

Hij leek niet te beseffen hoe ze hier gekomen waren, wat ze hier deden.

'Wat is er? Heb je pijn? Zeg nou wat.'

Hij reageerde niet. Op niet één vraag. Ze moesten hier weg, en snel. Zijn gezicht zag er vreemd strak uit, als een masker.

'Rustig maar, het komt goed,' suste ze. 'We lopen naar de kant. Hoor je me?'

Toen ze zijn hand pakte om de rivier over te steken, voelde ze hoe hevig hij trilde. Hij verroerde zich nog altijd niet, keek langs haar heen, naar het groen op de oever, in het niets.

Met al haar overredingskracht had ze hem naar het strandje geloodst. Ze had de boot op de oever getrokken, de ton met droge kleren losgemaakt. Het was een beschut, hoefijzervormig strandje, dat al na een paar meter overging in een heuvel die steil omhoogliep. In de verte glom iets, een vangrail, vermoedde ze, langs de weg naar Saint-Gal.

Ze had hem geholpen zijn natte kleren af te stropen, hem drooggewreven met de handdoek. Zijn vingers waren zo stram dat hij de knopen van zijn overhemd niet dicht kreeg. Dat deed zij voor hem, en ook zijn gulp ritste ze dicht. Moederlijke gebaren, niet die van een geliefde. Toen ze eindelijk ook zichzelf in droge kleren had gestoken, merkte ze hoe bekaf ze was.

Ze liet zich zakken, met haar rug tegen de heuvel, en vroeg hem voor haar te komen zitten, tegen haar buik aan, tussen haar knieën.

'Hier kan ons niets gebeuren.'

Met haar kin op zijn schouder, haar armen om hem heen, had ze hem weten te kalmeren. Langzaam was hij weer op temperatuur gekomen, werd zijn ademhaling regelmatig. Hier op het windstille strandje begon hij te praten, de woorden bleven maar stromen, als de rivier aan hun voeten.

Over een middag met windkracht zes, vertelde hij, een ruime zes die wel eens een zeven kon worden. De juiste wind en met veel golven. Te mooi om waar te zijn. De afspraak waar hij eigenlijk niet onderuit kon, had hij afgezegd. Het moest, hij kon niet niet gaan. Het voelde als spijbelen. Zilvergrijze luchten en alle salto's lukten. Hij steeg op, kwam neer, zonder ook maar één keer van zijn surfplank te slaan. Tot hij haar zag. Boos, wist hij meteen. Françoise in haar rode wollen jas, met de kinderen op het strand. Hij had haar weer eens laten wachten. Zelfs die dag was hij de tijd vergeten. Even haatte hij haar om wat ze hem verweet. Alsof die paar uur op zee hem niet gegund werd. Ze zouden uit eten, het was hun trouwdag. Datum die vanaf die dag nooit meer gevierd werd, een dag van rouw zou worden, door wat er later... door wat er toen... Heel even maar had ze de kinderwagen losgelaten. Een paar tellen, om hem uit zee te wenken. En op haar horloge te wijzen. De wind trok aan, het karretje sloeg op hol, recht op de pier af.

Vanaf zijn plank op zee kon hij niets doen. Vastgesnoerd in de trapeze, die weer met een haak vastzat aan de giek, kon hij alleen maar kijken. Sluwer martelwerktuig bestond er niet. Hij was te ver uit de kust om zijn zoon te redden. Op het moment dat de kar op de stenen klapte, werd hij van zijn plank getrokken. Was ik toen ook maar verongelukt, had hij later vaak gedacht. Tegelijk met Björn, in dezelfde storm.

Gezwommen, zo hard hij kon. Toen hij eindelijk het strand bereikte, had zij Björn in haar jas gewikkeld. Van top tot teen, ook zijn hoofdje. Ze wilde niet dat hij hun zoon zag. Zag hoe kapot... Françoise wilde niet alleen hun dochters, maar ook hem de aanblik besparen.

Floris maakte zich uit haar armen los, draaide zich om en keek haar aan.

'Ze kan dan wel arts zijn en heel wat gewend, maar ze is ook zijn moeder. Hij is uit haar buik gekomen...'

Hij schudde zijn hoofd en stamelde dat hij het niet begreep, nog steeds niet.

'Wat niet?'

Zijn blauwe ogen werden nog groter en boller, alsof alles wat hij niet bevatten kon en wat hem zo wanhopig maakte zich in zijn kassen samenbalde.

'Dat ik me niet verzet heb, haar alleen heb gelaten met die laatste blik op Björn.'

X

Nadat Floris het verhaal over het ongeluk aan May heeft verteld, barst hij in een kort en hevig huilen uit. Heel even staat hij haar toe hem te troosten, tot hij zich plotseling uit haar armen losmaakt en opstaat. Hij raapt zich bij elkaar. De man die net nog aan barrels lag, wordt weer de daadkrachtige, de beslisser, de knopendoorhakker: ze moeten hier weg. Hij zal de kano bij de voorplecht nemen, zij bij de achterkant.

Er is geen pad, de helling is dichtbegroeid en steil. Struiken en takken versperren hun de weg. Floris maait ze weg of houdt ze vast maar kan niet verhinderen dat er af en toe een twijg in haar gezicht zwiept. Na een minuut of tien bereiken ze de weg, vandaar is het nog een halfuur lopen naar Saint-Gal. Floris vertrekt, May blijft bij de kano en zal wachten tot hij haar met het pendelbusje oppikt.

Pas tegen zevenen rijden ze het erf op, door de open deur klinken de stemmen van Françoise en Pieter. Gelach, een deksel klettert op het aanrecht. May haalt diep adem, ze kijkt naar het beslagen keukenraam en dan opzij, maar Floris stapt al uit. Ze gordt zich aan: nog even en ze worden belaagd door vragen, onbuigzamer dan de twijgen op de oever.

'Eindelijk… Daar zijn jullie… Hoe was 't?'

'Hebben jullie er nou echt zo lang over gedaan of ben je in een café blijven hangen?'

'Mon Dieu, wat zie je bleek.'

'Lelijke striem… op je slaap. Kom eens in het licht staan.'

'Wat is er gebeurd?'

'Jullie blijven de hele middag weg, komen terug met een tas vol drijfnatte spullen en zeggen niks…'

'Hier, ga eerst even zitten…'

'Zijn jullie omgeslagen, nee toch?'

'Ja. En de peddels kwijtgeraakt.'

'Toen hebben we de kano naar de weg gesleept. May is daar gebleven, ik ben naar het pendelbusje gelopen.'

'Omgeslagen? Op een ondiep stuk toch mag ik hopen?'

'Mag ik alsjeblieft eerst een kop thee… Ik ben geradbraakt.'

'Doe er maar een scheut rum bij. Arme vrouw, geef me je handen… Je hebt gehuild! Was je erg bang… Zat je knel in de boot toen je kopje-onder ging?'

'Nee, dat niet.'

'Welk parcours hebben jullie in godsnaam genomen?'

'Het kortste.'

'En zelfs dat was te zwaar? Nou, dan weet ik genoeg. Vertel jij het aan Lucie, Floris. O jee, daar heb je d'r, ze loopt zich al de hele dag te verheugen, de kanokleertjes liggen al klaar.'

'Wat is er, papa. Wat kijk je chagrijnig. Hoe was het? Je gaat me niet zeggen… Nee hè!'

'Het mag niet, nee. Morgen niet en overmorgen en volgend jaar ook niet.'

'Maar iedereen die ik ken heeft die tocht al eens gemaakt. Ik mag ook nooit wat. Ik ga toch. We gaan gewoon.'

'Hou je kop!'

'Schreeuw niet zo tegen je dochter! Wat bezielt je?'

'Ze weet niet waar ze over praat. Ouders die hun kinderen dit toestaan zijn krankzinnig. Ik verbied het… Ze gaat niet.'

'Niet weglopen, Floris. Leg haar dan tenminste uit

wat er zo gevaarlijk aan was. Lucie, blijf hier! Ach jee, kijk nou wat je doet. In tranen… Het arme kind heeft het al zo moeilijk nu Tijmen overmorgen vertrekt. O, die hormonen… Wat een vreselijke leeftijd is dit toch. Wat is er, Dédé?'

'De kapel is af.'

'De kapel is af…'

'Morgen is de opening.'

Die avond was May niet aan tafel gekomen. Merel had haar een kop soep gebracht en wat brood. Toen ze het dienblad op het nachtkastje had gezet, kwam haar dochter op de rand van het bed zitten en keek haar nieuwsgierig aan.

'Ben je ziek?'

'Nee, alleen maar doodop.'

'Wel jammer dat jullie omgeslagen waren.'

Ze knikte en wendde haar blik af.

'Kom je even bij me liggen. Ik heb het nog steeds steenkoud.'

Gewoonlijk was haar dochter nogal aanhalig, maar nu keek ze haar gereserveerd aan.

'Françoise zou met ons scrabbelen. Tweetalen-scrabble. Het bord ligt al klaar.'

'O, ga dan maar gauw.'

Het was alsof Merel voelde dat haar moeder nu zelf een moeder nodig had. Snel maakte ze zich uit de voeten.

De volgende ochtend wachtte May tot de kust veilig was voor ze de slaapkamer verliet om te ontbijten. Ze probeerde niet alleen Françoise te ontwijken maar ook Floris, en hij haar al evenzeer. Waar zij kwam, ging hij net weg en meer dan een glimp, een rug, een schouder die wegdraaide, ving ze niet van hem op.

Toen hij na de lunch in zijn versleten overall de boomgaard door liep en in de schuur naast Nounous oude huis verdween, liep ze hem achterna. Drie weken geleden, nog voor ze het woord verliefd zelfs maar had durven denken, was ze hem ook een keer gevolgd, zonder reden. In die eerste dagen van wat toen alleen nog maar een flirt leek, bleken ze zich voortdurend in dezelfde ruimte te bevinden, alsof de grond onder hun voeten een tikje scheef liep en zij wel dezelfde kant op moesten rollen.

Ze herinnerde zich nog hoe hij hier stond, in dezelfde overall met zijn elektrische zaag over een houtblok gebogen dat op twee schragen lag. Als het blok in tweeën op de grond viel, was het wel handig als iemand ze op de stapel tegen de muur legde. Floris had de zaag uitgezet toen hij haar zag, en uit de la van zijn werkbank een paar oorbeschermers gepakt. In plaats van ze te overhandigen, zette hij ze op haar hoofd, teder alsof hij een dochter in de kou een mutsje opzette. Zo vaderlijk bleef zijn aanraking niet, vlak daarna had hij even met zijn duim over haar lippen gestreken. Handen die naar olie en zaagsel roken. Voor hij de machine weer aanzette, had hij gezegd: 'Even testen of je echt niets hoort', en toen, hard over het geluid van de knetterende zaag heen: 'Tu es adorable… Niets gehoord hoop ik?'

'Nee, helemaal niks.'

Ze probeerde net zo'n stalen smoel te trekken als hij, maar voelde dat ze straalde. Binnen een halfuur hadden ze zich door de aanhanger met stammetjes heen gewerkt, en na afloop raakte hij haar weer aan: met de mouw van zijn overall had hij het zweet van haar neus geveegd. Vluchtige gebaren waren het toen nog, maar ze stonden in haar geheugen gegrift.

Haar blik ging over de binnenplaats naar het huis van de oude mevrouw Bellard. De grijsblauwe luiken waren dicht. Als Nounou nog had geleefd, hadden ze nooit zo ver durven gaan. Françoises grootmoeder bemoeide zich nergens mee, maar je voelde haar ogen op je gericht, ook als je niet in haar blikveld was.

Dezelfde schemerdonkere schuur, dezelfde geuren. Maar nu keek Floris even verstoord op toen ze binnenkwam en ging meteen weer door, alsof er niets belangrijkers was dan het werk zo snel mogelijk afkrijgen.

'Ik denk dat we even moeten praten,' zei ze toen hij eindelijk de zaag had uitgezet.

'Nu, hier?' Hij keek schichtig om zich heen.

'Morgen dan? Pieter brengt Tijmen naar het vliegveld. Lucie gaat natuurlijk mee om afscheid te nemen en ik hoorde Françoise net vragen of ze haar ergens kunnen afzetten en later weer oppikken.'

'Maar ik dacht dat jij ook meeging?'

'Met zijn vijven in de auto is zo'n geprop, dus ik heb een goed excuus om hier te blijven. Zie je straks bij de opening... of hoe heet het, de inwijding.'

Hij keek haar vragend aan.

'Van Dédés kapel.'

Op het afgesproken uur verzamelden ze zich bij het zwembad. Er was geen woord over gezegd maar niemand verscheen in werkkleding, zwembroek of badpak met een handdoek om de heupen. Iedereen had iets feestelijks aangetrokken. Ze moesten nog even wachten, Dédé en Merel waren met stoffer en blik in de weer bij de kapel, er bleken wat grassprietjes naar binnen gewaaid.

Toen het zover was, liepen ze achter de meisjes aan om het zwembad heen, naar het smalste stuk van de tuin, in de richting van de appelboom. Een onduidelijk taps toelopend reepje grond waar in vroeger tijden, vertelde Françoise, al met buren over was gesteggeld. Sinds mensenheugenis werden de muurtjes om deze A, om deze puntzak heen geleid, die vanzelf een trechter vol rotzooi geworden was, tot Dédé zich erover ontfermd had.

Nu leek het alsof het zo bedoeld was, de plek zijn

bestemming had gekregen: een laan die steeds smaller werd met aan het eind een volgroeide appelboom en daaronder de kapel. Om de ruimte beter tot haar recht te laten komen, had Floris het gras eromheen gemaaid. De kapel lag nu in een lichtgroene haast fluorescerende cirkel. De stukjes glas glinsterden in het zonlicht dat, gezeefd door het bladerdak, op de kapel viel.

Het bouwwerk had wel wat van een iglo, maar zonder voorzijde, een boogvormig windscherm, maar niemand waagde die woorden in de mond te nemen. Dédé zag er een schelp in, op het strand in Holland had ze vroeger 'zo vaak' zulke schelpen gezien. De meisjes konden er net in staan, volwassenen zouden alleen kruipend de ruimte kunnen betreden. Pieter leek net een reus uit een kinderboek toen hij zich bukte om een blik naar binnen te werpen.

In het midden stond, op een houtblok, een smal altaar, van dezelfde soort steen als de kapel. Daarop het gietijzeren kruis dat Dédé op de rommelmarkt had gevonden, met aan weerszijden een kaars in een kandelaar. Op de hoek van het altaar zette Merel op het laatste moment nog een glazen vaasje neer.

'En nu, Dédé?' vroeg Françoise toen ze in een halve cirkel om de kapel stonden. 'Ga je een toespraak houden?'

Dédé deed een stap naar voren, streek een lucifer af en stak de kaarsen aan. Of het kwam doordat haar hand beefde, of de pitten soms wat vochtig waren, maar het duurde even voor ze brandden. Toen wenkte ze Merel, die een paar takjes roze en paarse lathyrus in het vaasje zette. Pas daarna, toen Merel haar plek in de cirkel weer had ingenomen, draaide Dédé zich om.

'Geopend,' zei ze, en ze keek de omstanders verlegen aan.

'Mooi, mes félicitations! Wat een werk. Wat een geduld. Al die stukjes glas… Hoeveel zijn het er wel niet? Om het te vieren… om er een echte kapel van te maken, hebben papa en ik nog iets voor je meegebracht.'

Uit de zak van haar linnen jurk haalde Françoise een zilveren portretlijstje en overhandigde het aan haar dochter. Dédé bedankte haar moeder met een zoen, en drukte ook een zoen op het portretje van Björn voor ze het voorzichtig aan de voet van het kruis neerzette.

'Nu weet ik weer wat ik wilde zeggen. Het is de bedoeling… deze kapel is er voor… om kaarsen op te steken. Voor iedereen. Dus ook voor jullie.'

Met haar ronde eekhoornogen keek Dédé hen een voor een aan, alle Akkermannen.

'Als er iemand in jullie familie doodgaat mogen jullie hier ook een foto neerzetten. Je kunt hem ook opsturen. Het is niet alleen een kapel voor mijn broertje en voor onze Nounou maar voor iedereen die dood is.'

'Maar alleen als we ze kennen toch?' vroeg Merel bezorgd.

Dédé leek door die vraag even in de war gebracht.

'Ja… ja, we moeten ze wel kennen.'

'Anders wordt het hier misschien een beetje vol.' Françoise deed haar best haar gezicht in de plooi te houden. Dédé merkte het niet, ze had zich alweer omgedraaid naar het altaar en keek naar het portretje.

'Nu wil ik nog iets tegen Björn zeggen. Ik weet alleen niet wat.'

Het bleef stil.

'Ik wil iets voor hem bidden, of zo… Alleen ik weet niks.'

May keek vragend naar Françoise, maar die staarde naar haar tenen die onrustig bewogen in haar witte espadrilles. Was ze de gebeden uit haar kindertijd vergeten of geneerde ze zich?

Ineens herinnerde May zich een verhaal dat iemand op school haar verteld had, over een gelovige die tegen zijn rabbi zei: Ik weet niet hoe ik moet bidden, elke keer als ik wil bidden, wordt mijn hoofd een zeef. En de rabbi antwoordde: Dan zeg je gewoon het alfabet op, de Eeuwige weet allang wat je wil zeggen en zet de letters wel in de juiste volgorde.

Ze keek naar het smalle ruggetje van Dédé, naar de tengere armen en benen. Dappere sprinkhaan, iedereen die haar lief was stond om haar heen en toch maakte ze een verloren indruk. Ze verlangde iets wat geen van de volwassenen haar kon geven: gewijde woorden, oude woorden waar mensen al eeuwen hun toevlucht toe namen als ze een dode wilden gedenken. Als Nounou er nu bij geweest was, had zij het Onzevader op kunnen zeggen of een ander gebed. Gebeden genoeg, vast, al kende zij er niet een. Ze vroeg zich af of ze het verhaal over de rabbi zou vertellen, en deed het toch maar niet, bang dat Dédé de strekking niet begreep en het een kinderachtig antwoord zou vinden.

Ze aarzelde: alles was beter dan deze stilte, er moest iets gebeuren, iemand moest een gebaar maken. Op dat moment deed Floris een stap naar voren, zakte op zijn knieën en schuifelde naast zijn dochter. Geknield was hij even groot als zij staand.

'Een Engels gebed, is dat ook goed?'

'Dat verstaat Björn toch wel?' antwoordde Dédé.

'Vast... Hij spreekt nu toch alle talen?'

Floris zette in, en na een paar zinnen werd zijn spreken zingen, eerst nog wat laag, onvast:

Would you know my name
If I saw you in heaven
Would it be the same
If I saw you in heaven
I must be strong
And carry on
Cause I know, I don't belong
Here in heaven

Steeds krachtiger zong hij, couplet na couplet.

Time can bring you down
Time can bend your knees
Time can break your heart
Have you begging please
Begging please

Het tweede 'please' leek uit zijn tenen te komen. Iedereen stond als aan de grond genageld. Terwijl May naar hem luisterde, keek ze naar zijn brede rug, naar de spieren waarover ze zo vaak haar handen had laten gaan. Het kon niet. De eerste keer dat ze met hem samen was aan de rivier had ze het al geweten, en al die keren in Chouvigny wist ze het, en gisteren toen hij over de dood van Björn vertelde. Dat ze altijd bij hem wilde zijn, was haar nu duidelijker dan ooit en ook dat het niet kon.

Het lied was afgelopen, Françoise deed een stap naar voren, bukte zich en sloeg een arm om man en dochter heen. Terwijl ze hen tegen zich aan drukte, legde Floris zijn hand op haar heup en vlijde zijn wang tegen haar buik. May slikte en keek weg, ze zette haar nagels in haar handpalmen. Haar blik schoot heen en weer van zijn rug, naar de brandende kaarsen op het altaar, naar de grond. Kon ze maar knielen zoals hij… Smeken zoals hij… Geen dertig centimeter tussen haar knie en het gras, maar het was moeilijker dan vroeger van de trap af springen, telkens een treetje hoger. Draai je om, Floris, kijk even naar me.

Pieter ving haar blik en legde troostend een arm om haar heen. 'Kom maar,' fluisterde hij. Zwijgend liet ze zich meetrekken, achteruit, uit de lichtgroene cirkel, uit de kring om Björn. Ze wilden zich juist omdraaien toen Françoise over haar schouder keek en hun toeknikte: 'Ik ben zo blij dat jullie hier bij waren. En dat jullie onze vrienden zijn.'

'Ja, ik ook.' Dédé klapte in haar handen. 'En nu gaan we zwemmen. Kom, Merel. Wie er het eerst in is.'

De kaarsen op het altaar flakkerden onrustig door het plotselinge vertrek van de meisjes.

De volgende ochtend was het al vroeg zo warm dat ze buiten konden ontbijten. Meestal werd er niet op een vast uur gegeten, maar vandaag schaarden ze zich alle acht op dezelfde tijd rond de tafel. Lucie kwam stilletjes als laatste het terras opgelopen, een handdoek om het natte haar geknoopt. Françoise wenkte haar en stond op zodat haar dochter naast haar vriendje kon zitten.

De verliefdheid tussen Tijmen en Lucie was May ontgaan tot Pieter haar erop had gewezen. Veel gedachten had ze er tot nu toe niet aan gewijd, geen gedachten althans die langer dan een paar minuten door haar hoofd speelden. Het was zo onschuldig allemaal, zij konden openlijk elkaars hand pakken, urenlang samen de hond uitlaten. Belle was nog nooit zoveel uit geweest. Het prille paar had wel iets van zo'n porseleinen beeldje van een herder en herderinnetje met een opspringend hondje. Glanzend ongerept geluk.

Deze ochtend bekeek ze hen met andere ogen. Nog even en aanraken kon niet meer. Niet meer huid tegen huid, vingers die door je haren streken, over je wenkbrauwen, de aders van je slapen. De hand van Floris in haar nek als zijn vingers een klit uit haar krullen kamden... Zulk lekker haar heb ik nog nooit geroken... Als ze aan die woorden terugdacht, wilde ze naar de badkamer rennen en zich kaalscheren. Ze kon de aanblik van het jonge paar aan de andere kant van de tafel niet langer verdragen en verzon een smoes om op te staan.

'Het lijkt wel alsof jij op reis gaat,' merkte Françoise op toen ze maar tussen tafel en keuken heen en weer bleef drentelen.

'May vindt het maar niks dat Tijmen ons gaat verlaten, hè,' zei Floris vlug, en hij legde een arm om Tijmens schouder. 'We zullen je missen, man.'

Even keek Tijmen haar aan, met een blik alsof hij iets vermoedde. Misschien hadden verliefden niet alleen een antenne voor de verliefdheid van anderen, maar ook voor elkaars liefdesverdriet.

Nadat ze de auto hadden uitgezwaaid, net zolang tot de Peugeot in de heuvels uit het zicht was verdwenen, bleven May en Floris op de weg staan. In de berm tsjirpte een krekel, boven het asfalt hing nog een vleug uitlaatgas. De anderen zouden pas aan het begin van de middag terug zijn. Vragend keken ze elkaar aan: zouden ze hier blijven, een wandeling maken, of de auto pakken en een stukje rijden?

'Zeg jij het maar.'

Floris vond dat ze gerust thuis konden blijven: de meisjes hadden hun badpak al aan en waren aan de andere kant van het huis aan het spelen.

'Je weet hoe ze zijn,' zei May. 'Die ruiken dat er iets aan de hand is en dan komen ze ons juist storen. Ik wil echt even alleen met je zijn. Is dat te veel gevraagd?'

Ze probeerde het verwijt in haar stem te onderdrukken. Hij had haar niet aangerand, niet dronken gevoerd, nergens ingeluisd. Er viel hem niets te verwijten. Hij viste de autosleutels uit zijn broekzak. 'Maar wat zeggen we tegen de kinderen?'

Wekenlang hadden ze zich verbaasd over het gemak waarmee ze iedereen voorlogen, nu was het ineens ondoenlijk een excuus te verzinnen voor een uurtje weg.

'Laten we maar een eind rijden,' zei hij, 'en daarna de boodschappen doen.'

'Je bedoelt in een winkel, met zo'n karretje?'

Hij glimlachte schaapachtig.

Gisteren in de kapel was ze heel zeker van haar besluit, en ernstig alsof ze voor het altaar een belofte deed. Nu ze alleen naast hem in de auto zat, hoopte ze heimelijk toch dat hij door zou rijden naar Chouvigny.

'Goed,' zei ze toen hij, zonder een blik met haar te wisselen, de afslag naar de supermarkt had genomen. 'Het lijkt me wel duidelijk allemaal... Dit was het dan.'

Hij keek haar even van terzijde aan, maar leek in gedachten elders. Ze had gehoopt dat hij het verlossende woord zou spreken, tegen beter weten in wilde ze dat hij met een plan kwam. Maar hij keek strak voor zich, alsof hij op de ring om Parijs reed in plaats van op een landweg met amper verkeer. Zijn zwijgzaamheid maakte haar praatziek, ze zei precies wat ze niet wilde zeggen: 'Of wou je nog een week doorgaan met liegen? Tot de laatste minuut, tot ik wegga? En als ik weer thuis ben gaan we in het geheim skypen, met onze lippen tegen het scherm, en volgende zomer pakken we de draad gewoon weer op?'

Hij schudde zijn hoofd. Ze naderden de parkeerplaats van de supermarkt, hij zette de auto stil, in een vak zo ver mogelijk bij de andere auto's vandaan tegenover een blinde muur.

'Toen op het strand...' Hij onderbrak zichzelf om de sleutel uit het contact te halen. Ze keek hem verwachtingsvol aan.

'Op welk strand, wanneer?'

'Op het strand in Wijk, toen Françoise Björn tegen zich aandrukte en zei dat ze niet wilde dat ik hem zag. Toen heb ik een besluit genomen. Of nee, ik zeg het verkeerd… ik besloot niks, het was volkomen duidelijk.'

Ze keek strak voor zich, naar een afgescheurd affiche van een circus. Op de veertiende juli had het circus in Saint-Gervais gestaan.

'Dat je nooit bij haar weg zou gaan,' zei ze.

Hij knikte, tilde zijn hand op van het stuur en legde hem tegen haar wang. Hij keek haar aan, maar zij sloeg haar ogen neer. Zo bleven ze zitten, zonder iets te zeggen, tot hij de stilte verbrak.

'Nog één ding… beloof me dat je Françoise niet laat merken dat je weet wat er in Wijk gebeurd is. Ze zou het onmiddellijk begrijpen, van ons… wat je voor me betekent… Ik heb haar bezworen dat ik nooit met anderen over het ongeluk zou praten.'

Ze draaide haar hoofd weg, zodat zijn hand haar wang niet meer raakte, plantte een voet tegen het dashboard. 'Het is wel veel dat ik niet mag laten merken. We moeten elkaar maar een poos niet zien. Bel me maar niet als je in Amsterdam moet zijn.'

'Maar jullie komen toch wel weer, volgende zomer? We zijn elkaars beste vrienden… of meer dan dat: een soort familie. Alsjeblieft May!'

'Familie, ja. Misschien moet ik dat voor ogen houden: een soort familie. Een verhouding met jou is dus een soort incest. Daarom kan het niet.'

Ze opende het portier en pakte de lege tassen uit de laadbak. Even later liepen ze naast elkaar door de winkel. Omdat Floris Françoises handschrift beter kon ontcijferen, las hij het lijstje voor, May pakte de waren uit de schappen en legde ze in de kar. Een vreemde die hen zo observeerde, zou denken dat ze al jaren getrouwd waren. Een goed stel, hooguit een tikje saai.

XI

Van reizigers die na een lange tocht aankomen op de plek van bestemming wordt gezegd: de ziel komt te paard achterna. Voor overspeligen die na een omzwerving thuiskomen, geldt hetzelfde: ze spelen alvast de liefhebbende echtgenoot in de hoop het spoedig weer te worden, maar ze zijn er met hun hart nog niet bij.

Als Floris gadesloeg hoezeer May haar best deed, Pieter weer vaker aanraakte, met overdreven interesse het broddelwerkje op de ezel bekeek, dan zuchtte hij vermoeid. Zag May, op haar beurt, hoe attent Floris voor Françoise was, hoe zorgzaam en lief, dan wendde ze haar blik af. Ze wilde dat hij zich voor zijn huwelijk inzette, ze wilde het alleen niet zien. Zijn schaterlach na een niet bijster geestig grapje, zijn uitvoerige complimenten over het preisoepje dat Françoise voor de lunch had bereid, de kus achter haar oor voor hij de deur uitging deden haar verstijven. Al zijn gebaren en zinnetjes waren even teder als nadrukkelijk.

Halverwege de laatste week brak de familie Akkerman haar verblijf vroegtijdig af. Ze zouden via de Ardennen terugreizen, waar een broer van Pieter een huis had gehuurd. Het was een idee van Pieter, aangekaart door May. Ze had gevreesd dat er veel verzet zou komen, maar op Merel en Dédé na maakte niemand bezwaar. Françoise en Floris hadden alle begrip voor het spontaan ingelaste familiebezoek, begrip ook voor de extra vrije dagen thuis die een eerder vertrek zou opleveren, tijd om de zolder op te ruimen, gemiste films in te halen, een kast in elkaar te zetten.

Merel hield pas op met mokken toen Pieter beloofde nu eindelijk de muur in haar kamer te schilderen. Al jaren vroeg ze om een muurschildering, zo een als Tijmen had maar dan anders. Geen jungle met apen en tijgers, maar een heuvel met uitzicht op witte koeien. Ook Belle moest een plekje krijgen, en de twee paarden.

'En wij, mogen wij ook op jouw muur?' vroeg Françoise.

'Nee, papa is niet zo goed in mensen.'

'Wat zegt dat over iemands karakter, dat-ie geen mensen tekenen kan?' vroeg Françoise hem.

Uit wraak maakte Pieter een paar spotprenten van haar: Françoise met overdreven grote ogen en haar tot over haar billen. Françoise met een nek als een giraffe. Françoise in haar panterjurkje, nog korter dan het in werkelijkheid was. De avond voor hun vertrek heerste er een uitgelaten stemming die deed denken aan vroeger dagen.

De volgende ochtend, alle bagage was ingeladen, iedereen gedag gezoend, was van die vrolijkheid niets meer te bespeuren. Dédé hing tegen de buik van haar vader, die zijn armen om haar borst had gekruist. Françoise hield de halsband van Belle vast zodat de hond niet achter de auto aan zou rennen. Lucie, die haar bekomst had van afscheid nemen, slenterde alvast naar het hek.

'Hebben jullie echt genoeg water bij je? En waar is de taart?'

'Hier, in de schaduw, aan mijn voeten. We zullen bij iedere hap aan je denken.'

'Rij voorzichtig, Pieter. Volgens mij komt heel Frankrijk nu zo'n beetje terug van vakantie.'

'Dag May.'

'Dag Floris.'

'Tot volgend jaar.'

Toen ze langzaam de oprijlaan afreden, maakte Dédé zich los uit haar vaders omarming en liep met hen mee, het hek uit, de weg op. 'Ik wou dat jullie niet weggingen, nooit.'

'Als ik groot ben beslis ik zelf of ik blijf.'

'Maar dat duurt nog zo lang. En dan moet je eerst nog je rijbewijs halen.'

Zwaaiend holde Dédé achter de auto aan, een meisje in een turquoise T-shirt, tot ze steeds kleiner werd, een stipje op het asfalt. Al die tijd zat Merel achterstevoren op haar knieën op de achterbank en zwaaide tot ze haar hartsvriendin niet meer zag. Langer nog, want je kon nooit weten, ze wilde niet de eerste zijn die ophield met zwaaien.

May keek niet meer om, met haar elleboog steunend in het geopende raampje wuifde ze, mechanisch, als een vermoeide vorstin. Floris had gelijk: de vriendschap tussen hen allemaal had oudere rechten dan hun verhouding van een zomer. Dat een weerzien in het begin ongemakkelijk zou zijn, was de prijs die ze dan maar moesten betalen. Ze kon niet denken 'we zien wel of we volgend jaar gaan', en hopen dat zich iets voordeed waardoor ze niet hoefden. Volgend jaar zouden ze elkaar terugzien, gewoon als oude vrienden.

XII

In de weken daarna leert May een nieuwe kant van zichzelf kennen. Behalve de ontzeggingen die alle ouders zich vanaf de geboorte van het eerste kind getroosten, heeft ze zich nooit hoeven opofferen. Niet langer dan een paar weken, maanden, een gelegenheidsoffer, uit plichtsbesef, vriendelijkheid of vanwege oude banden.

In haar verhouding met Pieter had ze geleerd dat ze hem moest delen. Niet alleen met Tijmen maar ook met Ina, want ex-echtgenoten kunnen van tafel en bed en voor de wet gescheiden zijn, de natuur houdt ze bij elkaar in het kind dat niet meer ongedaan gemaakt kan worden. Van Pieter houden betekent hem delen, zo wist ze van meet af aan. Maar dit delen van de man die al snel de hare was geworden, was makkelijker dan afzien van Floris. Hiermee snijdt ze in eigen vlees, in iets wat door de geheimhouding meer van haar lijkt dan al wat ze tot nu toe het hare heeft genoemd.

De eerste weken na het afscheid droomt ze telkens van hem. Dan is hij weer bij haar, zo levensecht dat ze bij het wakker worden verbaasd is hem niet naast zich te vinden. Dan vlucht ze naar de douche en huilt in een washand. Maar algauw bezoekt hij haar niet meer zo vaak in haar dromen, en op den duur helemaal niet meer. Dat de afstand tussen hun beider woonplaatsen zo groot is, blijkt nu een voordeel. Ze weet dat ze hem nooit bij toeval tegen kan komen. Hij is het niet, die man daar in de passerende tram of op de roltrap in tegenovergestelde richting. Voor er zeven weken verstreken zijn, is het pijnlijkste missen voorbij.

Ze ontwaakt niet meer met het schamele gevoel dat haar iets is afgenomen, maar ontdekt dat ze iets heeft teruggekregen: de zekerheid dat ze wel heel veel van Pieter en de kinderen moet houden, want anders had ze dit offer niet gebracht. Ze heeft haar eigen weefsel intact gelaten en Floris het zijne, en samen hebben ze het grote weefsel heel weten te houden. Dat verbindt hen nu. Ze is trots op hem en op zichzelf: ze zijn boven zichzelf uitgestegen.

Af en toe wilde ze weten hoe het Floris verging, of hun beslissing hem uiteindelijk dezelfde rust had gebracht. Dan had ze de aanvechting hem op zijn mobiel te bellen. Ze sprak zichzelf streng toe, ze wilde hem niet in de verleiding brengen, en zichzelf evenmin. Ze kon het risico niet nemen dat ze bezweek voor een smeekbede elkaar nog één keer te ontmoeten, ergens halverwege, een paar uur. Als ze zo nodig wilde praten, moest ze maar iemand anders uitkiezen.

Al haar vriendinnen kenden Pieter ook, kwamen bij hen over de vloer. Ze wilde hen niet met een geheim opzadelen, en trouwens: geheimen bleven nooit geheim. Dan kon het maar beter een vreemde zijn, een psycholoog of een therapeut, iemand die ervoor opgeleid was om te luisteren. Bij nader inzien leek het haar onnatuurlijk: ze had immers geen probleem, ze hoefde geen knoop te ontwarren, ze was alleen maar ergens heel vol van.

Sinds haar zwangerschap negen jaar geleden, had ze niet meer zo sterk het gevoel dat er iets nieuws stond te gebeuren, of al begonnen was. Ze ontdekte wat ze bij zichzelf het geluk van het gunnen noemde, en ze oefende zich erin zoals een ander naar de sportschool gaat om spierbundels te kweken. Als ze ertoe in staat was een grote liefde op te geven, dan moest ze ook in staat zijn tot kleinere alledaagsere offers.

Als ze merkte dat Pieter geen zin had om te koken

terwijl het zijn dag was, dan nam ze het van hem over. Niet om iets goed te maken maar louter om het plezier hem een plezier te doen. Kwam haar via Tijmen iets onaangenaams over Ina ter ore, dan begon ze er niet meteen over tegen zijn vader. Ze wist maar al te goed waar dat op uit zou draaien: het gesprek over de ex-vrouw, waar zij meestal wel van opfleurde omdat ze zo gunstig afstak bij haar voorgangster, deed hem steevast versomberen. Soms kostte het haar veel moeite iets te doen of te laten voor een ander en dan trok ze zich even terug, in een kamer of in zichzelf. Dan deed ze haar ogen dicht en haalde diep adem. Stamelde een vraag, vroeg om kracht bij wat ze wilde maar nog niet op kon brengen, in onaffe zinnen, losse woorden, God maakte er volgens de rabbi uit die legende wel een samenhangende zin van.

De kinderen gedijen wel bij haar ruimhartigheid. Na jaren soebatten kreeg Merel weer een huisdier: een poes met een mottige vacht uit het asiel. Het was geen impulsief besluit, May wist wat ze deed. Na verloop van tijd zou het verschonen van de kattenbak en het opvegen van de zojuist gevangen en weer uitgekotste muis op haar neerkomen, maar wat dan nog?

Ook op haar werk deed ze haar best zich in anderen te verplaatsen. Op school liet ze haar in alle opzichten trage collega-stagiaire vaker uitpraten. Deze zomer had ze gemerkt hoe kortademig ze werd en rommelig in haar hoofd wanneer iemand, meestal was het Françoise, haar telkens onderbrak. En terwijl ze dit overdacht, riep ze zichzelf tot de orde: nu niet meteen van Françoise de zondebok maken omdat je je doodschaamt voor wat er op haar erf is gebeurd, net niet onder haar ogen. Probeer je ook eens te verheffen naar een volgende tree van beschaving zonder een ander naar beneden te trappen. Ze oefende overal, zelfs als ze op de fiets de stad doorkruiste. Ze keek niet meer iedere automobilist aan alsof hij een serieverkrachter was. Nu gaf ze een bestuurder van een Mercedes ook wel eens voorrang als ze zag dat hij al minutenlang probeerde af te slaan maar voorbij werd gereden door slierten fietsers die daar heel erg van genoten.

Heleen, wist ze op een dag bij het wakker worden. Heleen werkte als vrijwilligster op de school waar zij stage liep. Heleen gaf er bijles Frans. Zij had haar het verhaal over de rabbi verteld. Heleen kende Pieter niet, en voor zover May wist helemaal niemand uit hun vriendenkring. Hoewel ze het telefoonnummer had van het huis waar Heleen met haar medezusters woonde, besloot ze haar niet te bellen voor een afspraak. Ze wachtte liever tot ze elkaar op school tegen het lijf liepen.

Zo belandden ze op een warme nazomermiddag, half oktober, op het terras van een café aan de Sloterplas. Heleen, in enkellang blauw habijt met een kap waaruit een paar witte haren piekten, trok de aandacht van andere bezoekers. Twee modieus geklede gehoofddoekte vrouwen keken een paar maal hun kant uit, maar niet naar de allesbedekkende kleding, niet naar de kap, maar naar het houten kruis om Heleens nek, ter grootte van een pakje sigaretten. Misschien waren ze ook wel geïntrigeerd door de combinatie: een non in het gezelschap van een vrouw in een zwart-wit gestippeld klokrokje waarop ze een vuurrood vestje droeg. Even had May zich bezorgd afgevraagd wat ze aan moest – niet te kort, niet te strak, niet te wuft –, tot ze zich herinnerde dat Heleen eens gezegd had dat ze nooit zag wat iemand aanhad, ze keek alleen naar gezichten.

Omdat May het moment van de bekentenis nog wat wilde uitstellen, vroeg ze eerst naar Heleens vorige leven. Heleen had weinig aansporing nodig en weidde uit over de jaren dat ze als arts op een missiepost in Kameroen had gewerkt. Op een servetje tekende ze waar in Afrika haar 'tweede vaderland' lag, en de plaats waar ze het langst gewoond had. May had moeite haar aandacht erbij te houden. Als ze voor het eerst, of voor het eerst sinds lang weer tegenover iemand zat, werd ze steeds afgeleid. Dan zag ze te veel, de aderen in de handen bezaaid met ouderdomsvlekken; Heleen was eind zestig maar alleen die handen verraadden haar leeftijd. Het gewelfde blote voorhoofd was vrijwel rimpelloos en leek nog hoger doordat het omlijst werd door de witte rand van de kap. Ze had een opvallend mannelijk gezicht met hoge jukbeenderen, een grote smalle neus, die toch niet detoneerde door de brede mond met dunne lippen die nu onophoudelijk bewogen.

'Toen ik daar als dertigjarige kwam, had ik geen flauw benul. Ja, mensen beter maken, dat wilde ik. Goed doen. Maar ik merkte algauw dat sommige moeders de medicijnen die ik voor hun kind meegaf gewoon weggooiden... Zal ik doorgaan, luister je?'

May schoot in de lach en knikte gehoorzaam.

'Ze dachten dat hun kind niet zomaar ziek was maar behekst.'

'Door wie dan?'

'Door een ver familielid, of iemand uit een ander dorp. Iemand die zich wilde wreken. Daar hadden ze zich al bij neergelegd: het kind ging toch dood dus waarom al die moeite.'

'Wat kon jij dan nog?'

'Bij de mensen langsgaan en de medicijnen zelf aan zo'n kindje geven.'

'Werd je nooit eens moedeloos?'

'Die angst voor toverij heeft mijn geloof in Christus alleen maar versterkt. Het is niet waar wat iedereen maar zo makkelijk roept: dat geloof en bijgeloof één pot nat is. En dat het niet uitmaakt waar mensen in geloven. Het maakt heel veel uit.' Ze keek opzij, naar het water, alsof ze wachtte op de kring na de plons van het steentje. 'Nou ja, over mijn leven in Afrika kan ik dagen met je praten, maar daarom zitten we hier niet. Of wel?'

Nu moest het ervan komen, maar waar te beginnen? Als ze aan de kiem van hun vriendschap dacht, zag ze Floris voor zich op die bruiloft toen hij over Björn vertelde. Maar dat voerde te ver, dan moest ze zoveel uitleggen. Ze begon bij een ander begin en schetste een beeld van hun vakanties in de Auvergne, de verandering in de chemie afgelopen zomer, en de omslag vlak voor hun vertrek. Ze stond langer stil bij het inzicht dat ze door het offer gekregen had dan bij wat ze nu precies had opgeofferd. Ze nam het woord minnaar niet in de mond en hintte evenmin naar seks. Bij alles wat ze zei, was ze zich ervan bewust dat ze haar hart luchtte bij een bijna dertig jaar oudere vrouw, die nooit getrouwd was geweest bovendien.

Toen ze uitgesproken was, nam Heleen eerst een slokje van haar thee, knikte peinzend en zei met iets droog Brits in haar toon: 'Het klinkt als een mooie, innige platonische vriendschap.'

'Nou... eh... nee. Het was een mooie innige verhouding.'

'O, toch wel?' Heleen keek haar onbewogen aan. Als ze er al iets van vond, liet ze het niet doorschemeren. 'Met alles erop en eraan?'

'Ik wilde je niet choqueren.'

'Toen ik op mijn tweeënzestigste terugkwam uit Kameroen, heb ik nog een paar jaar als arts in een in-loophuis gewerkt op de Wallen. Blauwe plekken, ge-kneusde ribben... dat choqueert me. Niet wat een man en een vrouw uit vrije wil met elkaar doen.'

'Je vindt het niet verwerpelijk? Ik ben getrouwd, heb een dochter en een stiefzoon.'

'Trouw zijn is moeilijk.'

'Hoe weet jij dat?'

'Die meneer Vrijbloed lijkt me een bijzondere man. Warmbloedig, een echt Mensch. Het zou jammer zijn als jullie elkaar hierdoor nooit meer kunnen zien. Lijkt me.'

May slikte en wendde haar blik af. Bij de kop van een klein eiland lag een zilvergrijs bootje voor anker. Van een visser vermoedelijk, maar vanaf deze af-stand leek de boot leeg.

'Ben jij ooit verliefd geweest?' Ze vroeg het aarze-lend, maar keek Heleen recht aan. 'Mag ik dat vra-gen?'

'Jazeker ben ik verliefd geweest. Dat snij je niet zo-maar uit je leven. Voor ik intrad ben ik ook een half-jaar verloofd geweest. Ik heb het uitgemaakt toen ik merkte dat dit niet was wat ik zocht.'

'Je wilde... hoe zeggen jullie dat: voor God leven?'

Heleen knikte.

'Is het een goed huwelijk?' vroeg May.

'Liefhebben is moeilijk, tenminste... als je het verliefde stadium gepasseerd bent. Hoe kwam het dat jullie besloten ermee op te houden?'

Ze vertelde over de kanotocht op de Sioule. Over de klap tegen de rots en de shock waarin Floris geraakt was. Tot hij begon te praten en niet meer ophield. Ze probeerde een beeld te geven van haar verscheurdheid de uren en dag daarna, maar al snel voelde ze de behoefte om nog langer over hem uit te weiden verdwijnen. Ze zocht geen bevestiging dat haar beslissing de juiste was, er was iets anders dat ze van Heleen wilde weten.

'Kun jij me misschien een gebed leren? Iets dat jullie bidden als er iemand ziek is of doodgaat?'

Heleen trok haar wenkbrauwen op en glimlachte. Ze pakte het servetje met de kaart van Afrika en keerde het om.

'Ik schrijf het voor je op, goed? "Onze Vader, die in de hemelen zijt…"'

In het geroezemoes van het terras, het gedruis van het verkeer niet ver weg terwijl uit de speakers de stem van Alicia Keys klonk, die een loflied zong op New York en lijn 17 aan de overkant de bocht om schuurde, schreef Heleen het gebed op. Al schrijvend prevelde ze de woorden mee. Halverwege onderbrak ze zichzelf en zei met een brede grijns dat ze zich net een geheim agent voelde die een code doorgaf. Toen ze klaar was schoof ze het servetje over tafel naar haar toe. May bedankte haar met een verlegen knikje.

'Je zou best een undercover non kunnen zijn, als je geen habijt droeg.'

'Misschien... maar had jij me aangeklampt op school als ik eruitzag als een gewone mevrouw, in gewone kleren? Ik ben graag herkenbaar. Daardoor word ik vaak aangesproken. Of ik voor iemands zieke vader wil bidden, en dan komt er een heel verhaal. En er wordt me van alles gevraagd, moeilijke dingen ook, waar ik niet altijd een antwoord op heb.'

'Ik heb je ook van alles te vragen. Ik weet echt van niks, van geloof, bedoel ik. Op een uurtje Bijbelles op de lagere school na dan.'

'Als je wilt, neem ik wat boeken voor je mee. Ik zal eens denken... Maar nu moet ik weg... Tot ziens, May.'

'Tot ziens, Heleen, dank je wel.'

Heleen haastte zich op haar platte zwarte schoenen naar de halte van lijn 17. Naar de tram die haar in een halfuur naar de kapel in het Begijnhof zou brengen, waar ze nog net op tijd was voor de mis van vijf uur.

Na haar vertrek was May blijven zitten, ze had een glas rode wijn besteld. Voor ze een slok nam, had ze zichzelf toegeknikt in de weerspiegeling van het windscherm en daarbij het glas even geheven. Ze had iets te vieren, hoewel ze niet wist hoe ze het benoemen moest, de feestdag had nog geen naam.

Later was ze het pad langs de Sloterplas afgelopen,

het bruggetje over bij de nieuwe flats, het park door helemaal tot het stenen labyrint. De bomen langs de oevers waren nog groen, met hier en daar een geel blad, maar verder in het park ontdekte ze al verschillende bomen met rougerode, roestbruine en oranje bladeren.

Aan de rand van het labyrint had ze een tijdje op de trap naar het water gezeten. Zo nu en dan wierp ze een blik op het servetje om weer een paar regels uit het hoofd te leren. Dat ze niet alles van de tekst begreep, weerhield haar er niet van. Waarom 'hemelen' en niet 'hemel'? 'Geef ons heden ons dagelijks brood...' Ging het werkelijk alleen om eten of ook om geestelijk voedsel, en waarom stond dat er dan niet?

Als ze erover nadacht, was iedere regel even eenvoudig als raadselachtig. Van het eerste 'Onze Vader' tot het laatste 'verlos ons van het kwade'. Een Vader, niet alleen van jou maar van iedereen... Wat moest ze zich daarbij voorstellen, ook als je dat vaderschap niet letterlijk nam? Misschien was het als met sommige gedichten en zou de betekenis zich langzaam prijsgeven.

Ze probeerde zich te herinneren wat de juf die elke zaterdag na school Bijbelles gaf erover gezegd had. Het was een openbare school, alleen wie wilde woonde de les bij. Haar ouders, beide niet gelovig, hadden haar toch opgegeven: enige kennis van de Bijbel hoorde nu eenmaal bij de opvoeding, net zoals de Griekse mythologie en de sprookjes van Andersen. De juf had verteld over de eerste mensen van wie wij afstammen en dat wij allemaal verre verwanten van elkaar zijn. Van iedereen, van elk levend wezen dat op aarde rondloopt, zijn wij familie. Zij had dat als acht-jarige een opzienbarend inzicht gevonden en toen haar moeder haar van school kwam halen en vroeg wat ze geleerd had, legde ze de theorie enthousiast aan haar uit.

Een minzaam glimlachje. Geduldig wachtte mama haar moment af. Toen de sjofelste man met de rood-ste drankneus eraan kwam, had ze haar dochter aan-gestoten en zachtjes gezegd: Kijk daar, je broer! Het had haar in verwarring gebracht, want wat de juf haar verteld had leek mooi en belangrijk. Het gaf haar het gevoel bij iets groters te horen dan alleen haar ei-gen familie, haar eigen school, de clubjes op het schoolplein.

Dit verlangen had haar nooit meer verlaten, tegelijk moest ze erkennen dat het waar was: het was onmo-gelijk iedereen als een familielid te omhelzen. Hoe graag ze ook wilde dat het anders was, om sommige mensen liep ze vanzelf met een boogje heen, omdat ze stonken, gestoord waren of lastig. Terwijl ze daar zat met het servetje in haar hand, begon ze te vermoe-den dat de verwarring niet minder zou worden door de gesprekken met Heleen.

Toen ze thuiskwam, stond Pieter al te koken. Zodra ze hem zag, wilde ze vertellen waar ze geweest was en met wie, maar ze hield zich in. Hij kon geen courgette bakken en tegelijk naar haar luisteren, ze moest een beter moment uitkiezen. Het duurde even. Aan tafel vertelde Merel opgewonden over een klasgenootje dat in de gymles in tranen uitgebarsten was. Nee, niet omdat ze zich pijn had gedaan, maar omdat haar ouders gingen scheiden. Pieter vroeg Merel of het meisje gewoon thuis bleef wonen of dat ze met haar vader of moeder mee zou verhuizen. En hoe vond ze dat? Verstandige vragen, hij wist waarover hij het had.

'Ze vinden elkaar nog wel heel lief, maar ze willen niet meer bij elkaar wonen,' zei Merel ten slotte.

'Heel lief... heel lief. Ik hoor het ze zeggen,' mompelde May. 'Hebben ze dan tenminste geprobeerd om bij elkaar te blijven?'

'Weet ik niet.'

'Om even niet uitsluitend aan zichzelf te denken.'

'May, alsjeblieft!' zei Pieter. 'We kennen die mensen niet.'

Terwijl Merel opsomde wie er nog meer gescheiden ouders hadden – steeds kwam er weer een naam bij –, bedacht May waar haar dochter aan ontsnapt was. Twee huizen, twee slaapkamers, eerste kerstdag bij de ene, tweede bij de andere ouder. Heen en weer, en altijd wel ergens iets laten liggen. Niet alles wat je in het andere huis had meegemaakt aan je vader of moeder vertellen, bang de ander jaloers te maken. Of al te bezorgd te maken. Altijd lag het verraad op de loer. Wat deed dat met een mens? Hoelang liet dat zijn sporen na? Pieter keek haar afwachtend aan. Hij had een vraag gesteld, maar waarover.

'Jij wilde nog iets vertellen,' zei hij.

Hoe mooi het vanmiddag aan de Sloterplas geweest was, geen plas maar een meer haast, omringd door oude hoge bomen. De oktoberzon schitterde in het water, er scheerden meeuwen langs het terras, en soms wist je niet of je een zeilbootje zag in de verte of een zwaan. Ze friste zijn geheugen op en vertelde waar ze Heleen van kende. Heleen was haar indertijd meteen opgevallen, maar niet alleen door haar habijt. Tussen de lessen door trok ze zich vaak even terug. Dan trof je haar in een hoekje van de bibliotheek aan, of buiten tegen een muurtje op haar rugzak, lezend, biddend. Anders hield ze het niet vol, zei ze.

'Ik ben ook wel benieuwd naar haar,' zei Pieter. 'Neem haar eens mee. Waarom had je eigenlijk met haar afgesproken?'

'Zomaar, omdat ik haar mag.'

Snel, voor de leugen de hele ontmoeting besmette, veranderde ze van onderwerp: op de valreep had ze Heleen gevraagd haar een gebed te leren. 'Toen ze weg moest ben ik nog wat gaan wandelen, langs het water, het park door. En nu ken ik het gebed uit mijn hoofd.'

Merel wilde haar meteen overhoren, dus zei ze het nog eens op, voor het eerst in het bijzijn van anderen. 'Onze Vader die in de hemelen zijt
uw naam worde heilig... nee, geheiligd
uw rijk kome
uw wil geschiede op aarde zoals in de hemel
Geef ons heden ons dagelijks brood
en vergeef ons onze schuld, zoals ook wij aan anderen hun schuld vergeven
en leid ons niet in bekoring
maar verlos ons van het kwade.
Amen... Dat was het. Nou ja, echt vloeiend kwam het er nog niet uit, ik moet er nog te veel bij nadenken.'

'Best knap, hoor,' zei Merel, 'en wat betekent bekoring?'

May dacht even na. 'Iets heerlijks, moois... waar je toch maar beter van af kunt blijven.'

'Waarom?'

'Bijvoorbeeld omdat het niet van jou is maar van iemand anders.'

Om beurten bekenden ze een bekoring waar ze moeilijk weerstand aan konden bieden. In een mum van tijd werd het een wedstrijdje met als spelregel dat er geen commentaar op de bekoring van de ander gegeven mocht worden: 'Chips, niet de peuterverpakking maar een megazak.' 'Uit de muur eten.' 'Uit je neus eten.' 'Gamen als jullie denken dat ik slaap.' 'Een tweede Duvel terwijl ik van plan was het bij één te laten.' 'Wat is een Duvel?' 'Dat Belgische bier waar papa altijd zo lollig van wordt.' 'Geen commentaar!' 'Waarom zeg jij niet: laarzen, mama?' 'Laarzen?' 'Je hebt vier paar in je kast staan. Zonde.' 'Geen commentaar.'

'Toch vreemd,' zei Pieter toen er een eind gekomen was aan de onschuldige bekoringen en er steeds vaker een beurt werd overgeslagen, 'generaties lang hebben mensen die woorden van het Onzevader aan hun kinderen doorgegeven en de betekenis uitgelegd. En dan valt het stil.'

'Wat bedoel je?' vroeg May.

'Dat haast niemand die gebeden nog kent, en er dus niks door te geven valt.'

'Zoals van de zomer bedoel je, in de kapel?' vroeg May.

'Ja, daar stond Dédé met lege handen.'

'Maar dat lied dat Floris toen zong was toch ook net een gebed?'

'Dat is waar,' zei Pieter.

Merel liep naar de piano en probeerde met twee vingers de melodie terug te vinden. Een onbeholpener versie van het lied van Clapton was er nooit gespeeld, maar de noten brachten hen weer even terug naar de kapel onder de appelboom.

Toen hun dochter naar haar kamer was, bleven zij aan tafel achter. Pieter vroeg naar Heleens werk in

Kameroen, de meeste vragen kon May niet beantwoorden, maar dat kwam nog wel, zei ze hoopvol. 'Ik
dacht altijd dat je na je veertigste niet makkelijk meer
nieuwe vriendschappen sluit, maar met haar zou ik
bevriend kunnen raken.'

'Fijn voor je. Als je maar niet...' Pieter keek stuurs
weg.

'Als ik maar geen non word?'

'Als je maar geen zever wordt.'

Ze keek hem verbaasd aan. 'Hoe kom je daar nou
bij?'

'Daarnet toen het over die scheiding ging.'

'Wat zei ik dan?'

'Dat mensen veel te snel scheiden. Alleen voor zichzelf leven. Te weinig aan hun kinderen denken. Ik ben
ook gescheiden, weet je nog.'

'Maar jij denkt er toch net zo over? Of ben je bang
dat het Heleens invloed is?'

'Die toon... Zo vurig. Onuitstaanbaar.'

'Nog iets?'

'Nee, verder vind ik je alleen maar reuze lief.' Hij
legde zijn hand geopend met de palm naar boven voor
haar op tafel. 'En erg begeerlijk. Behoorlijk bekoor-
lijk. Ik ben een enorme mazzelaar. Ik wil trouwens
weer eens met je naar bed. Echt, je bent zo mooi. Zoals je daarstraks binnenkwam, met je jas los en je cha-
otische haar. Op je nieuwe laarzen... Het vijfde
paar?'

Ze grijnsde breed. 'Zolang ik mijn mond maar houd.'

'Kom eens hier.'

Ze bleef zitten en wachtte tot hij zich over tafel naar haar toeboog en haar kuste. Ook zij verlangde naar hem, maar tussen droom en daad stonden kinderen en alles wat nog moest gebeuren. Morgen kwam Tijmen een nachtje slapen, omdat Ina voor haar werk naar Brussel moest. De dag daarna kregen ze eters. Als ze elkaar wilden beminnen, konden ze maar beter meteen naar de slaapkamer sluipen, maar niet voordat Pieter Merel de tafel van twaalf overhoord had en zijzelf haar moeder had teruggebeld, en haar dochter uitgebreid had voorgelezen, verhaaltjes voor het slapengaan kon je niet zomaar overslaan. Als Merel dan vast in slaap was, ja dan, over een uur of twee, konden ze elkaar weer eens diep in de ogen kijken.

'O ja, dat moest ik je nog zeggen...' Ineens herinnerde Pieter zich dat Françoise gebeld had: begin december kwam ze voor een congres naar Amsterdam. Er was een kamer voor haar geboekt in een hotel in de buurt van de RAI. Maar ze wilde eerder komen en had gevraagd of ze vanaf zondag drie nachten bij hen kon logeren.

'Alleen?'

'Uiteraard. Floris blijft bij de kinderen.'

Nog maar kort geleden had ze er niet aan moeten denken. Ze zou bang geweest zijn tussen de regels door steeds naar Floris te informeren, en dat haar vragen haar zouden verraden. Maar er viel niets meer te verraden. Zoals ze hier nu zat, met de hand van Pieter om haar pols, zijn duim die de rug van haar hand streelde, zou ze hem het liefst alles opbiechten. Ze deed het niet. Toen ze nog maar een paar maanden samen waren, had hij gezegd: Ik wil je trouw zijn. Met jou kan ik het. Als je me niet vertrouwt, kunnen we er beter meteen mee ophouden. Ik ga geen stomme dingen doen, dat beloof ik, die fout maak ik niet nog een keer. Tot op dat moment had ze niet geweten of zij zo streng voor zichzelf wilde zijn, maar ze voelde zich gevleid, vereerd. Ze wilde hem waard zijn. Hij was zo zeker van haar, zo vastbesloten deze verhouding te laten slagen. Ja, zij wilde hem ook trouw zijn.

Zo dacht ze er toen over, en nu weer. Dat kon ze hem honderd keer bezweren, het maakte het verraad niet ongedaan. Na haar bekentenis zou hij haar misschien nooit meer vertrouwen. En wat voor zin had het hem er nu, achteraf, nog mee te teisteren? Die verliefdheid lag achter haar, wat de breuk haar gebracht had aan nieuwe inzichten was misschien nog wel belangrijker. Algauw was ze in gedachten weer bij Heleen, en toen Pieter tijdens het afruimen opmerkte dat Françoise zo 'vlak' klonk door de telefoon, zaaide dat geen argwaan.

Twee weken later ontmoette ze Heleen weer, op dezelfde plek aan de Sloterplas, maar nu in een hoger gelegen café. Het houten meubilair op het terras was nog niet weggehaald, maar het was al dagen winderig, te koud om buiten te zitten. Het water klotste onrustig, de hoge fontein in de plas werd steeds uit zijn baan geblazen. Nog voor de thee gebracht werd, diepte Heleen twee boeken uit haar canvas rugzakje op en legde ze op tafel.

'Ik heb je gebed uit mijn hoofd geleerd,' zei May.

'Kijk aan, dat hoor ik graag. Ik laat mijn leerlingen ook altijd een stukje tekst memoriseren. Gedichten, chansons.'

'Als je een tekst uit je hoofd leert, is het net of je de woorden eet, alsof je ze dan pas echt in je opneemt,' zei May.

'In de Bijbel komt iemand voor die een hele rol met tekst opeet. Ezechiël. Eerst verschijnt er een hand die hem een boekrol aanreikt, dan hoort hij een stem die zegt: "Laat uw mond de rol die ik u geef in zich opnemen en vul er uw binnenste mee." Toen at hij de rol op en de woorden waren in zijn mond "zoet als honing".'

'Toen ik het gebed voor het eerst achter elkaar opzei, werd mijn mond niet zoet als honing maar er gebeurde wel iets.' Ze vroeg zich af of ze er goed aan deed om over zo'n intieme ervaring te praten, maar Heleen keek haar verwachtingsvol aan. Zij zou niet zomaar wat zeggen om zichzelf te horen praten, haar kon ze het wel toevertrouwen. 'Er kwam een rust over me. Anders kan ik het niet noemen. Het was alsof de hemel uit de eerste zin in me was. Dus niet ver boven me en onbereikbaar, maar een ruimte in me, en die ontstond terwijl ik de woorden uitsprak.'

'Die ruimte, daar kun je altijd naartoe. Waar je ook bent,' zei Heleen.

Het was voor het eerst dat ze in elkaars gezelschap een lange stilte lieten vallen, een groter blijk van vertrouwen bestond er voor May niet. Terwijl ze hun thee dronken, bladerde ze door het boek voor haar op tafel. Het was een beschouwing over alle woorden van het Onzevader door Romano Guardini. 'Mijn held' had Heleen hem genoemd. 'Vijftig jaar geleden geschreven maar leesbaar alsof de inkt net droog is.' May bekeek de potloodstreepjes in de kantlijn. Als ze een boek las dat Pieter eerder dan zij had gelezen, keek ze altijd het eerst naar de zinnen die hij had aangestreept. Dan was het alsof hij tegen haar praatte, dan hoorde ze zijn bewonderende uitroepen en zijn verontwaardiging. Door de streepjes zou ze haar nieuwe vriendin op een andere manier leren kennen.

Heleen schoof een tweede boek over tafel naar haar toe: 'De psalmen, alle honderdvijftig.'

'Waar zal ik beginnen, bij de eerste?'

'Kijk maar waar ik een kruisje bij heb gezet. Die lees en herlees ik zelf het vaakst. Sommige regels zul je wel herkennen uit rouwadvertenties. Hier, in psalm

23: "Hij behoedt mijn ziel voor verdwalen/ en leidt mij in sporen van waarheid getrouw aan zijn naam/ moest ik gaan door het dal van de schaduw des doods/ kwaad zou ik niet vrezen/ want naast mij gaat Gij.'"

Heleen hoefde het boekje niet om te draaien om de regels te citeren. 'Hier, deze ken je vast wel: "Gij zijt die mijn kern hebt gevormd/ die mij weefde in de schoot mijner moeder." In andere vertalingen staat dan weer nieren in plaats van kern. Nieren vind ik beter, lichamelijker.' Ze glimlachte. 'Maar misschien is dat de arts in mij, verder is het een prachtvertaling.'

Mays ogen schoten langs de regels, gretig tot ze bij het slot van psalm 139 aankwam. Toonloos las ze de tekst voor. '"Zou ik niet haten, wie u haten/ niet verachten wie tegen u opstaan/ ik haat hen fel, zo fel als ik haten kan/ zij zijn mijn vijand geworden.'" Ze schoof het boek van zich af, alsof het stonk. 'Al dit gepraat over haat en de vijand... het is me totaal vreemd.'

Heleen knikte peinzend.

'Zo'n tirade in een psalm gaat altijd over een reële tegenstander,' zei ze, in haar stem klonk geen spoor van ongeduld. 'Een wrede bezetter, een vijandige macht. Zeg: de Duitsers of de Japanners in de oorlog. En het kan nog veel erger, hoor. In één psalm wenst de dichter dat de baby's van de Babyloniërs tegen de rotsen te pletter worden geslagen.'

May kneep haar ogen toe, ze zag het al te duidelijk voor zich.

'Maar dat is toch biddend haten? Of denk jij als je die zinnen leest voortdurend aan de context?'

'Nee, ook wel eens aan pooiers die hun vrouwen in elkaar slaan. Die heb ik gehaat en nog. Maar ik geef toe: het is ongemakkelijk. Guardini schrijft over dit soort teksten: "De schrijver zegt niet: zo is het en het is goed. Maar: zo is de mens."'

'Ik niet. Ik ben niet haatdragend. Nooit geweest ook.'

Het bleef weer stil aan de andere kant van de tafel. Het was nog harder gaan waaien, de wind floot langs de kieren van de glazen pui, de fontein stond erbij als een geknakte lelie. Heleen volgde haar blik en gebaarde naar het water, de mouw van haar habijt waaierde wijd uit. 'Die plas zit vol diepe kuilen, wist je dat?'

'Waar dan?'

'Je ziet ze niet. Daarom is het zo gevaarlijk. Daar is het water plotseling veel kouder.'

Resoluut draaide Heleen het psalmenboek naar zich toe en zette de bril die aan een koordje om haar hals hing weer op haar neus. 'Misschien moet ik iets meer uitleggen. Het is geen oproep tot haat. Bij "goddelozen" of "uw tegenstander" denk ik niet aan mijn atheïstische broer. Begrijp me goed: dat iemand niet gelooft of niet bidt, kan geen reden zijn om hem te "verachten", zoals het hier staat. Het gaat uiteindelijk maar om één ding: of iemand van goede wil is.'

'Ziet de kerk dat ook zo of is dat jouw idee?' vroeg May.

'De kerk ziet ze ook als gedoopt. De anderen die letterlijk gedoopt zijn, door een priester, horen bij het lichaam van de kerk. En zij die er niet zichtbaar bij horen, die horen bij de ziel. Er is zelfs een term voor, zo iemand heeft het "doopsel van begeerte" ontvangen.'

'Het doopsel van begeerte,' herhaalde May, maar haar gedachten dwaalden weer af. Bij de kleine jachthaven een eind verderop vertrok juist een groepje zwanen, witte volwassenen en bruin gevlekte kinderen, in een lange rij om elkaar uit de wind te houden. Onverstoorbaar zorgzaam, maar zodra iemand te dicht bij de kinderen kwam, zou de moederzwaan in een klapwiekende furie veranderen. Eén slag van zo'n vleugel kon je arm breken.

'Misschien... als iemand Merel iets zou aandoen, of Tijmen... of Pieter,' zei ze. 'Zo iemand zou ik kunnen haten.'

Ze hoorde zichzelf verder praten, schijnbaar oprecht, over een veel lastiger gedachte heen: het had weinig gescheeld of ze had Pieter onzegbaar veel pijn gedaan, een kwelling bezorgd waar geen vijand aan kon tippen. Je hoefde iemand geen haar te krenken om hem toch te verwonden. Ze keek Heleen weer aan.

'Hoe zit dat bij jou? Je hebt die pooiers gehaat, zei je. Is dat de reden dat je opgehouden bent met dat werk op de Wallen? Vrat het aan je?'

'Ook, ja. Maar ik was er niet geschikt voor. Toen ik begon zag ik mezelf als een hele majoor Bosshardt. Zo wilde ik zijn, zo goedlachs en kordaat, rechtdoorzee. Zij had echt het talent om met iedereen om te gaan.'

'Jij niet dan?'

'Nee. Ik voel me meer op mijn gemak in een klaslokaal tussen lastige pubers.'

'Onze bijles-non… Als je eens wist hoeveel ik van je leer. Soms schrik ik 's nachts wakker omdat ik weer iets bedenk…'

Heleen legde haar hand op Mays arm en onderbrak haar. 'Voor ik het vergeet…' Ze pakte een stukje papier uit haar rugzak en krabbelde er iets op. 'Deze film moet je zien.'

'*Des hommes et des dieux*. Is dat mijn huiswerk voor de komende weken? Is-ie zo goed als iedereen beweert?'

'Ik zeg niks, ik wil het van jou horen.'

Ze zag de film twee keer: één keer alleen, de tweede keer met Pieter. De eerste keer was ze er zo door geraakt dat ze tot en met de laatste naam op de aftiteling bleef zitten. Ze was niet de enige, om zich heen zag ze mensen van alle leeftijden met glanzende ogen naar het filmdoek staren tot het zaallicht aanging.

De Franse film was gebaseerd op een waar gebeurd verhaal over een groep trappistenmonniken in een

Algerijns dorp, van wie er in de winter van 1996 vijf zijn vermoord. Het verhaal ging over alles waar zij de laatste tijd over nadacht. Over een belang dat het eigenbelang overstijgt, over gebed en naastenliefde.

Het was haar derde dinsdagmiddag met Heleen. Ze zaten in hetzelfde café, aan dezelfde plas, en redetwistten al een poosje over het grote dilemma in het verhaal: moesten de monniken in het dorp blijven, of voor het geweld van de terroristen op de vlucht slaan.

'Het is niet alleen uit loyaliteit dat ze blijven, of trouw aan het geloof,' zei Heleen. Ze keek haar vorsend aan. 'Je moet niet denken dat het geloof iemands leven op slag eenvoudig maakt. Heb je niet gezien hoe doodsbang die ene broeder is, nadat de eerste buitenlander vermoord gevonden wordt langs de kant van de weg?'

May huiverde bij de herinnering aan het filmbeeld. Het deed haar denken aan de foto's van Theo van Gogh.

'Maar dan gaat hij midden in de nacht naar de kapel. Daar bidt hij tot het ochtend wordt. Daar vindt hij rust,' zei ze.

Weer schudde Heleen het hoofd. 'Hij zegt juist: "Ik bid, maar ik hoor niets."'

May tastte haar geheugen af, maar zag alleen het ochtendlicht dat door een hoog raam naar binnen viel, op de witte pij van een monnik.

'Hoor jij ook wel eens niets?'

'Natuurlijk.'

'En dan is het moeilijk om trouw te blijven?'

'Hondsmoeilijk.'

'Ga je dan vanzelf weer geloven?'

Heleen keek haar berustend aan: 'De geest waait waar hij wil, en wanneer hij wil.'

'Mag ik een keer met je mee naar de kerk, naar de kapel op het Begijnhof bedoel ik?'

Heleen leunde naar achteren en verborg haar handen in de mouwen van haar habijt.

'Dat je enthousiast bent is goed…' zei ze, 'dan ontdekt een mens ook het meest. Net als in de wittebroodsweken. Ja, zo noemen wij de verliefde periode van de gelovige. Ken je het verhaal van Ruth?'

Een stapel schoteltjes werd kletterend op de bar neergezet, de serveerster riep een bestelling naar de keuken. May boog zich over tafel naar Heleen toe, die haar rug rechtte en begon te vertellen.

'Een vrouw die Noömi heette was met man en zonen op de vlucht voor de hongersnood naar Moab getrokken. Daar stierf haar man en niet veel later ook haar twee zonen, die allebei getrouwd waren en allebei een vrouw achterlieten.'

Al luisterend waande May zich weer een jaar of acht. Na een Bijbelles moesten ze het verhaal altijd in eigen woorden navertellen, en daarna mocht je er een tekening bij maken. Het geluid van een krassend potlood op een vel papier, als ze eraan terugdacht voelde ze geen verveling maar de voldoening van opperste concentratie. Tijdens het tekenen dacht ze na over wat er verteld was, en nu nog herinnerde ze zich enkele verhalen die op zaterdagmiddag na school waren voorgelezen. Maar dit verhaal had ze nooit gehoord.

'Toen de hongersnood voorbij was, wilde Noömi alleen naar Judea terugkeren, maar haar schoondochters besloten haar te volgen. Noömi zei: ga terug naar jullie eigen moeders. Nee, antwoordden de vrouwen, we gaan met jou mee! De tweede keer dat Noömi ze wegzond, deed de ene schoondochter braaf wat haar gezegd werd, maar Ruth klampte zich aan haar schoonmoeder vast. Ze zei: uw volk is mijn volk, uw God is mijn God, waar u sterft, zal ik sterven...'

Heleen wachtte even en vervolgde toen: 'Als iemand joods wil worden, is er een ritueel in de synagoge waarbij je tot drie keer toe weggestuurd wordt.'

'Echt waar?'

'Ja, net als Ruth.'

'Maar wie zegt dat ik iets wil worden? Ik wil alleen maar een keer met je mee naar die kapel.' Ze grijnsde haar teleurstelling weg. 'Maar ik begrijp dat ik moet bewijzen dat het me ernst is.'

'Bewijzen, nee, dat niet.'

Heleen ontweek haar blik, keek op haar horloge en begon in haar rugzak te graaien. Muntje voor muntje peuterde ze het kleingeld uit haar portemonnee, een ouderwetse zonder vakjes voor bankpasjes. May legde haar hand op die van Heleen: iemand die de gelofte van armoede had afgelegd mocht ze best een keertje vrijhouden, toch? Toen Heleen knikte, omklemde May haar hand iets steviger.

'De volgende keer kan ik trouwens niet, want dan komt Françoise logeren.'

'C'est qui, Françoise?'

'De vrouw van Floris.'

'Floris... Zijn vrouw... Françoise de Française... ik ben zo slecht in namen. Nou dan stuur ik dat artikel wel op. Ik had het vanochtend in mijn hand, maar ik dacht: ik overvoer haar nog. Goed, ik hoor het wel. Bedankt voor de thee.'

Ze was al vertrokken en May had net afgerekend toen ze ontdekte dat Heleen haar zwarte opvouwbare paraplu vergeten was. Halfgeopend lag hij onder haar stoel, als een aangespoelde aalscholver. Ze pakte hem van de vloer: twee baleinen waren geknakt, niet meer te redden. Ze zou hem hier achterlaten en een nieuwe kopen, duurder, sterker, stormbestendig. Ze zag het verraste gezicht van Heleen al voor zich.

XIII

Rond drie uur zou Françoise op Schiphol landen,
May en Pieter zouden haar afhalen, de kinderen bleven thuis. May was die zondagochtend al vroeg in de
weer met opruimen, schoonmaken, koken. Toen Tijmen eindelijk was opgestaan, had zij de kamer voor
de logee in orde gemaakt. Ze zette de ramen wijd
open en liet het flink doortochten om de slaperige-
pubergeur sneller te laten verdwijnen. Terwijl Tijmen
onder de douche stond, haalde zij zijn bed vast af en
maakte het op met een schoon dekbedovertrek: het
mooiste dat ze in de kast had liggen, die grijs-witte
streep zonder winkelhaak of slijtplekken.

Met Tijmen samen haalde ze zijn bureaublad leeg. Ze spreidde er een badhanddoek overheen, zette een spiegel neer en een doos tissues. Hier kon Françoise haar toiletspullen kwijt, de badkamer was aan de krappe kant. Ze lag op haar knieën op het zeil en viste net een vuile sok onder Tijmens bed vandaan toen haar mobiele telefoon ging. Het geluid kwam uit de verte, uit de bad- of slaapkamer. Met een handbeweging ruimde ze nog een handdoekje op dat stijf stond van onduidelijke vlekken en kwam overeind. Zonder ernaar te kijken gooide ze alles in de wasmand op de overloop en liep door naar de slaapkamer.

1 oproep gemist, las ze, *Floris*. Even stond ze met de telefoon in haar hand, toen liet ze zich op de rand van haar bed zakken. Er was geen bericht op haar voicemail ingesproken. Hoe vaak had ze niet met de telefoon in haar hand gezeten om in de contactenlijst van Feenstra naar Fleur naar Floris te hinkelen, alleen om zijn naam in haar telefoon te zien staan, slechts een vingertip verwijderd van zijn stem. Niet één keer had ze hem gebeld en hij haar niet, en uitgerekend vandaag probeerde hij haar te bereiken. Over Françoise waarschijnlijk, een vertraagd vliegtuig, of iets wat ze vergeten was.

Goed, ze zou hem terugbellen, maar alleen om de boodschap aan te horen. Niet terloops informeren hoe het met hem ging, met geen woord verwijzen naar hun verhouding. Het liefst hoorde ze zijn stem helemaal niet, want ze betwijfelde of ze wel toe was aan een neutrale mededeling over vluchtnummers.

Ze vouwde haar handen om de telefoon: 'God help me... Dat ik gewoon kan vragen waarom hij gebeld heeft. Geen hint, geen gevis, geen woord dat Françoise of Pieter niet zou mogen horen. Leid me niet in bekoring. Verlos me van deze spanning.'

Zo zat ze een poosje met gesloten ogen, tot haar ademhaling regelmatiger werd. Ze veegde haar handpalmen af aan het dekbed en belde hem op. Een vrouwenstem meldde dat het nummer bezet was, of ze het op een ander moment s'il vous plaît nog eens wilde proberen.

De telefoon liet ze thuis. Ze nam hem zelfs niet mee naar beneden toen ze Pieter waarschuwde dat het tijd was om naar Schiphol te gaan. Als er iets was wat Floris hun dringend wilde laten weten, moest hij Pieter maar bellen. Hoe kon ze de band met Françoise herstellen als Floris in haar jaszak trilde, oplichtte, onrust zaaide. Maar in de auto dacht ze steeds aan de gemiste oproep en wat ze te horen had gekregen als ze bijtijds had opgenomen. Toen ze op Schiphol las dat het vliegtuig met Françoise zonder vertraging geland was, vroeg ze zich af: daarover heeft hij me dus niet gebeld, waarover dan wel?

Françoise had alleen wat handbagage bij zich. Kordaat liep ze, met kleine passen, haar koffertje op wieltjes achter zich aan trekkend, de schuifdeur door, de aankomsthal in. Met haar opgestoken haar en getailleerde donkerblauwe winterjas had ze ook een stewardess kunnen zijn. Zoekend gleden haar ogen langs de haag wachtenden aan de andere kant van de balustrade. Haar ogen leken nog groter dan anders, of was ze magerder geworden? Toen ze hen zag klaarde haar gezicht op, ze versnelde haar pas en riep uit hoe vereerd ze was dat ze allebei gekomen waren. Pieter omhelsde Françoise als eerste, daarna drukte Françoise haar tegen zich aan. May beet op haar lip en toen haar vriendin haar even op armlengte afstand hield, zag ze dat ook zij ontroerd was.

Ze hadden haar even alleen gelaten op Tijmens kamer om wat kleren uit te hangen. Daarna werd ze meegetroond naar Merels kamer om het nieuwe uitzicht op haar muur in ogenschouw te nemen. Françoise bewonderde de schildering zoals alleen zij dat kon, uitbundig, cerebraal: er was een hele Fra Angelico aan Pieter verloren gegaan. Wat geraffineerd om de heuvels in blauwe en grijsgroene veegjes neer te zetten, want groen uit een tube was vaak zo nep. Mooi ook om de rode reflectie van de ondergaande zon in een enkel vlekje te laten terugkomen op de flanken van de paarden. Of had hij de vrijheid genomen er koeien van te maken, of was zij het zelf op handen en voeten in een witte overall, grazend naast Floris?

Aan de ronde tafel in de keuken dronken ze hun thee en pakten de kazen uit die Françoise had meegebracht. Een schapenkaasje zo hard als een brok vulkaansteen, en nog vier soorten, waarvan de geur hen meteen naar de grote keuken in Chazelle transporteerde. Voor Merel en Tijmen waren er cadeautjes van Dédé en Lucie, dat van Tijmen moest meteen worden uitgepakt want het was al weer tijd om naar zijn moeder terug te keren.

'Breng je me,' zei Tijmen terwijl hij zijn vader smekend aankeek, 'ik heb nog zoveel huiswerk.'

Pieter stond op om zijn zoon, met de fiets in de achterbak, naar huis te brengen. Hij boog zich over Françoise heen en legde zijn hand liefkozend op haar kruin.

'Spaar je verhalen op voor als ik terug ben, ja?'

'Fijn dat ik je even voor mezelf heb,' zei Françoise toen de buitendeur achter de mannen dichtviel en Merel naar haar kamer was vertrokken.

'Vind ik ook.' May pakte de kazen van tafel en borg ze op. Haastig scheurde ze een pak koekjes open om, toen ze het schaaltje neerzette, te zien dat er al allerlei zoetigheid op tafel stond. 'En wat een goed idee om wat eerder naar Amsterdam te komen.'

'Als zo'n congres eenmaal bezig is, ben ik 's avonds te moe voor wat dan ook.'

'Je ziet er nu al een beetje moeiig uit. Is er wat?'

Het bleef stil.

'Is Nounous huis al verkocht?'

'Nee, maar dat hoeft gelukkig niet op stel en sprong. We hebben het zelfs even uit de verkoop gehaald.'

Ze weidde uit over een reparatie aan de goten die Floris steeds uitstelde, zijn hoofd stond er niet naar. May keek haar onderzoekend aan: hoezo niet? Waren er soms problemen op het werk of was er iets met de kinderen? Ze aarzelde. Nu ze begonnen was, zou het vreemd zijn als ze het rijtje niet afmaakte. 'Of met Floris zelf?'

Hoe langer de stilte duurde, des te banger ze werd. De spanning kroop van haar handen via haar armen naar haar schouders. Die kromden zich om een angstig voorgevoel. Daarom had hij haar vanochtend gebeld. Hij had haar willen voorbereiden op slecht nieuws. Hij wilde het haar zelf vertellen.

'Is-ie ziek?' vroeg ze zachtjes.

Françoise liet haar blik onrustig door de keuken dwalen. Stond op, ging weer zitten. Pakte een stroopwafel, nam er een minuscuul hapje van en legde hem weer terug.

'Ziek... ziek... Als verliefdheid een ziekte is, is hij ziek, ja.'

Françoise keek uit het raam, naar de gevels aan de andere kant van de binnentuinen, maar ieder moment kon die blik beschuldigend op haar vallen. Ze wist het. Alles. Daarom was ze gekomen, om haar dit te zeggen, recht in haar gezicht: Terwijl je mijn gast was, aan mijn tafel at, onder mijn dak sliep, verleidde je mijn man. Hoe heb je dat kunnen doen? Toen Françoise bij hun omhelzing in de aankomsthal haar lippen op elkaar had geklemd en met haar ogen knipperde, was dat geen ontroering geweest maar ingehouden woede, voor Françoise was het een judaskus. Met gebogen hoofd wachtte May af.

'Vraag je niet op wie hij verliefd is?' Françoise trok haar wenkbrauwen op. 'Ben je niet nieuwsgierig?'

'Op wie hij verliefd is?'

Even voelde May iets van opluchting, toen pas drong de betekenis van het misverstand in volle omvang tot haar door. Ze raapte zich bij elkaar en stamelde wat, maar voor ze de zin tot een goed eind had gebracht, barstte Françoise los.

'Op een klant, een Engelse. Mevrouw is kunsthistorica. Eerst koesterde ik geen argwaan, op een of andere manier vond ik "historica" altijd heel oud klinken. Maar ze is van onze leeftijd.'

'Hoelang al? Sinds wanneer dan?'

'Vanaf deze zomer. Schat ik.'

'Meteen na ons vertrek? Toch niet tijdens... Dat kan niet.'

'Ja, hoor eens, ik was er niet bij toen de vonk oversloeg. Floris ontkent alles. Het enige dat ik weet is dat hij regelmatig bij haar is.'

'In Engeland?'

'In Chouvigny.'

'Wat!'

'O, sorry… dat had ik nog niet verteld… Ze heeft een huis gekocht in Chouvigny. Heel mooi, met uitzicht op het dal, een verwilderde tuin en een trap naar de rivier. Floris doet de renovatie en hij heeft dus een geweldig excuus om er om de haverklap naartoe te rijden. Wat kijk je… is overspel in Chouvigny zoveel erger dan in Engeland?'

Hun huis… De rode luiken, altijd dicht… Een deken op de vloer als bed… Geen licht, alleen een paar kaarsen… De eerste keer dat ze daar samen waren, sloop die zwerfkat naar binnen. Ze hadden hem restjes vis gevoerd, uit blik. De ruwe kattentong over haar handpalm. Iedere keer dat ze in de supermarkt waren, kozen ze een paar blikjes uit. Inktvissen… krabbetjes… Hun mondvoorraad. Na het vrijen waren ze altijd zo hongerig. Op het gulzige af. Vis met brood, een Bijbels maal. Zijn blik toen ze naakt door de kamer liep en de kat tussen haar enkels door sloop. Hoe Floris toen naar haar keek… Stikjaloers was hij op het dier. Hun schuilplaats, hun kat, hun tuin… De bloemen die hij voor haar had geplukt… In een lege jampot op de vloer, want meenemen kon niet… Ze schudde haar hoofd en kon daar niet meer mee ophouden, tot ze haar handen voor haar gezicht sloeg. Zo bleef ze een hele tijd zitten.

'Ach lieverd,' zei Françoise en ze leunde ver over de tafel heen, met uitgestrekte handen. Als boeien sloten de vingers zich om Mays polsen. 'Het was niet mijn bedoeling je zo van streek te maken.'

Toen ze even later een sleutel in het slot van de buitendeur hoorden omdraaien, keken ze elkaar verwilderd aan.

'Ander onderwerp,' zei Françoise.

'Waarom?'

'Alsjeblieft. Ik wil er niet de hele avond over praten.'

Pieter zette zich aan tafel en schonk voor alle drie een glas wijn in. May trok zich terug bij het aanrecht. Terwijl Françoise uitgebreid over het komende congres vertelde, stortte zij zich op de voorbereidingen van het eten en hakte selderij en winterpeen en alles wat er maar te hakken viel in stukjes. De eerste kus. Hun eerste keer. Stelde niets voor. Niet voor hem. Had al een ander. Zomer voorbij, andere geliefde. Verslaafd aan ontrouw. Aan liegen. Ze wist dat het bestond, niet dat hij zo was. Een bedrieger. Onverschillig. Slap. Slapjanus. Slappe zak. Dweil... Françoise praatte maar door: wie er op het congres zouden spreken en wat ze ervan verwachtte. Het lukte haar aardig het gesprek ver van huis en haard te houden, maar toen ze eindelijk stilviel, vroeg Pieter toch naar de kinderen. Van Tijmen had hij gehoord dat hij volgende zomer met Lucie naar een zeilkamp in Friesland wilde.

'Ja, het water trekt,' zei Françoise. 'Ze heeft het er steeds over dat ze wil leren zeilen. En surfen. Het bloed kruipt waar het niet gaan kan.'

Maar de zomer was nog ver weg, tegen die tijd was de verliefdheid misschien bekoeld. Of niet? Lange liefdesbrieven werden niet meer geschreven, maar de kinderen stuurden elkaar dagelijks berichtjes. 'Ik dacht laatst nog: als zij trouwen worden wij familie,' zei Françoise, op een toon alsof ze het zelf ook niet geloofde. Ze glimlachten naar elkaar en merkten niet dat zij niet meelachte. Pieter informeerde verder naar het dagelijks leven in Chazelle, naar de mensen, de paarden, naar Belle.

'En hoe staat de kapel erbij? Nog niet ingestort of overwoekerd door onkruid?'

'Dédé zorgt er heel goed voor. Ze houdt nu ook zelf het gras bij. Het altaar wordt steeds voller, er staan nu ook foto's van Nounou en van oom Jean-Marie.'

'We hadden het laatst nog over die middag dat de kapel werd ingewijd,' zei Pieter, 'toen Dédé wilde bidden en niemand wist wat-ie zeggen moest tot Floris begon te zingen.'

'Ja, bijzonder was dat,' zei Françoise zacht.

'Vertel jij maar verder, lief,' hoorde May Pieter zeggen vanaf zijn stoel aan tafel, maar zo duidelijk dat ze niet kon doen alsof ze het niet gehoord had, 'het is jouw verhaal.'

'Wat moet ik vertellen?'

'Over Heleen. Dat ze je heeft leren bidden.'

Ze draaide zich om en keek hem stuurs aan.

'Had ik dat niet mogen zeggen?' vroeg hij.

'Je weet best dat Françoise allergisch is voor alles wat maar iets met geloof te maken heeft.'

'Ik zei niks!' riep Françoise. 'Ik ben er echt wel anders over gaan denken. Het hele ritueel, een kaars branden, bloemen neerzetten, Dédé doet het zo toegewijd. En ze kent de tekst van "Tears in Heaven" nu uit haar hoofd.'

Ze wachtte even. 'Ik zou het mezelf ook aan kunnen trekken. De eerste jaren na Björns dood heb ik vrijwel dagelijks over hem gepraat met de meisjes, maar daarna… We hebben geen vorm weten te vinden om hem met elkaar te gedenken. Nounou wel, en nu Dédé, op haar manier. En zo heb jij vast ook je redenen om te willen bidden en bij jou gaat het vermoedelijk verder.'

Françoise keek haar nieuwsgierig aan. Toen er geen antwoord kwam, zei ze: 'Ik zag een paar boeken van Guardini op de trap liggen. *Le Seigneur* lag ook op grootmoeders nachtkastje.'

May ging er niet op in, wat kon ze zeggen? Zij had nu zelf het scherpste oordeel over alles waar ze gisteren nog zo vol van was. Floris had hun offer geschonden. Bijna vier maanden leefde zij in de veronderstelling dat ze samen iets moois en belangrijks hadden opgegeven, zichzelf aan Françoise en Pieter hadden teruggegeven. Dat was de opdracht. Dat hadden ze elkaar beloofd. Dat verbond hen, ondanks de afstand. Maar van zijn kant bleek het offer een loos gebaar, ongeldig, onwaar, en wat niet waar was kon niet tot waarheid leiden.

'Sorry. Ik had hier niet moeten komen. Of mijn mond houden. Het is mijn schuld,' zei Françoise.

'Wat is jouw schuld?' vroeg Pieter.

'Dat May nu zo bleek tegen het aanrecht hangt, alsof ze het liefst in de gootsteen zou verdwijnen. Ik heb haar zojuist verteld dat ik denk dat Floris een vriendin heeft. Ja, daar kijk je van op, hè.'

Vlug had May weer een nieuwe bezigheid gezocht. Heel precies schikte ze schijfjes rode biet en plukjes peterselie op een ovale aardewerken schaal, met een ijver alsof ze er punten mee kon winnen. Ze hoorde flarden van Françoises relaas, maar door de toon, uit het ritme van de zinnen bleek dat Françoise haar monoloog al vaak had afgedraaid, al was het maar in gedachten. De achterdocht was diep ingesleten, een verhaal geworden waarvan ze alleen de afloop nog niet kende. Pieter wachtte tot Françoise was uitgeraasd en begon haar kalm te ondervragen.

'Hoe weet je het zo zeker, als Floris alles ontkent.'

'Terwijl hij het ontkent wordt hij vuurrood. Ik ben toch niet gek. Hij is daar iedere vrije minuut. Ook als Madame in Engeland is. Hij doet klussen voor haar die hij anders altijd uitbesteedt. Hele vloeren schuren, en laatst moesten al die vloeren in de olie. Niet gewoon lak, maar olie. Tegels zetten... dat haat hij, maar voor haar doet hij het, fluitend zou ik bijna zeggen, maar dat is niet zo. Voor een verliefd man is hij erg ernstig... Ja, wel raar eigenlijk... En grijs. Eerst dacht ik dat het stof was van de verbouwing, maar hij is gewoon grijs aan het worden.'

'Weet hij dat je er met ons over praat?' vroeg Pieter.

'Hij heeft me gesmeekt het niet te doen. Maar ik laat me niet voorschrijven bij wie ik mijn hart lucht.'

'Denk je dat het zin heeft als ik het hem vraag, op de man af? Of zullen May en ik eens samen met hem gaan praten?'

May draaide zich om en keek Pieter verschrikt aan. Zijn blik kruiste de hare even maar hij wachtte niet op haar instemming, dit was het minste dat ze voor hun vrienden konden doen. Françoise schudde het hoofd en zuchtte diep.

'Ik weet zeker dat hij het tegenover jullie ook glashard ontkent.'

May zette het bord dat ze zojuist uit het keukenkastje had gepakt op het aanrecht. Dáárom had Floris gebeld: om Françoise voor te zijn. Ze snelde de keuken uit naar boven, naar de slaapkamer waar haar telefoon lag. Er was een sms-bericht voor haar, ze opende het zonder aarzelen: *Het is niet waar, dat weet je toch, liefs Floris.*

Ze ging op het bed zitten en haalde diep adem. De gotspe.

Dacht dat hij op afstand de boel kon regisseren. Was zeker bang dat alles nu uitkwam, had-ie nog meer aan Françoise uit te leggen. Ze zette haar telefoon weer uit, vastbesloten ieder volgend bericht van hem niet te openen. Dat was haar wraak, hem compleet negeren.

Toen ze zich weer bij de anderen voegde, ging het nog steeds over het bedrog in Chouvigny. Zonder zich te bekommeren of ze het gesprek hinderde, ruimde ze af, spreidde een kleed uit over de tafel en begon te dekken. Pieter keek even verstoord op, maar was het volgende moment weer met zijn aandacht bij hun gast. Hij vroeg Françoise wat ze van plan was: wachten tot de verliefdheid overging, of van Floris eisen dat hij koos? Hij klonk precies zo bars als destijds in haar fantasie, toen zij hem haar verliefdheid opbiechtte.

'Dat heb ik gedaan en toen zei hij: Ik heb voor jou gekozen, lang geleden. Ik hou van je… Maar de volgende dag ging hij meteen na het ontbijt weer naar Chouvigny. Omdat hij alleen wilde zijn. Is zij daar dan niet? vroeg ik. Nee, ze kwam pas in maart terug, als het huis af was, en hooguit misschien nog een keer tussendoor om de vorderingen te bekijken. Hier heb je haar telefoonnummer, zei hij. Bel haar op, vraag haar of we iets hebben. Maar doe het pas als de verbouwing rond is en alle rekeningen zijn betaald, anders ben ik mijn beste klant kwijt.'

May wilde het niet vragen, maar deed het toch.

'Heb je haar al ontmoet?'

'Eén keer, toen ik nog van niets wist. Floris had iets bij haar laten liggen. Ze kwam langs. Hij is zo verstrooid de laatste tijd.'

'En, hoe ziet ze eruit?'

Ze likte de houten lepel af waarmee ze in de soep had staan roeren.

Françoise haalde haar schouders op. 'Wel knap maar geen schoonheid, gewoon.'

'Gewoon zoals ik, gewoon zoals jij... Valt er niks meer over te zeggen?'

'Jouw lengte geloof ik.'

'Is ze ook blond?'

'Iets donkerder, niet geverfd. Authentiek, muf, historisch blond zullen we het maar noemen.'

May schoot in de lach en Françoise lachte mee om de Engelse kunsthistorica met het muisblonde haar, die bleke bet met haar geërfde kapitaal waar ze een huis van had gekocht dat veel te groot was voor een vrouw alleen.

'Vertel op, nou wil ik alles weten: hoe heet ze?'

'O, ook iets heel gewoons, een naam die ik maar niet onthouden wil. Jones of Johns of Johnson.'

'Haar voornaam bedoel ik.'

'Melissa.'

Melissa, vroeger had May een buurmeisje dat zo heette. Een stil kind, dat mooi kon tekenen, alles kon tekenen wat ze bedacht. Vissen, zeemeerminnen en ook wezens die konden vliegen. Maar die naam zou voortaan alleen maar weerzin oproepen. Een misselijkmakende naam, slinks, achterbaks. Een naam voor een vrouw met een dun stemmetje. Ze lispelde waarschijnlijk. Melissa, slang in het paradijs, in de tuin van herinneringen die ze heel had willen houden. Tot nu toe was dat gelukt, ook omdat ze op Heleen na met niemand over Floris had gesproken. Nu kroop Melissa door haar herinneringen, ze vrat zich een weg door al wat mooi en teer was en liet een slijmerig spoor achter.

'Weet je... daarbij... Ik ben ook zo bang dat hij weer gaat drinken.' Françoise klonk niet langer verwijtend. 'Niet het ene glas dat hij aan tafel meedrinkt, maar echt doordrinken zoals toen, na Björns dood. Hij kan niet tegen grote spanning. Twee vrouwen... niet kunnen kiezen... Dat gaat hem een keer opbreken.'

May legde de lepel neer en keek Françoise aan.

'Ja, kijk maar niet zo geschokt. Ik zeg niet dat het zo is, alleen dat ik er bang voor ben. Ik kan het nooit zeggen waar hij bij is, want dan ben ik net zijn moeder, maar ik ben ongelooflijk trots op hem dat hij indertijd gestopt is. En zonder hulp. Ik ken de cijfers, dat lukt haast niemand. Het zou rampzalig zijn als hij weer begon. Dan heb ik nog liever dat hij bij haar intrekt.'

Al die tijd was het nooit in haar opgekomen dat ze Floris in gevaar bracht. Dat er behalve hun huwelijken en de twee gezinnen nog iets geriskeerd werd, er een val openstond. Een flard muziek klonk door het trappenhuis.

'Gaan we al eten?' riep Merel van boven.

'Bon,' zei Françoise en haalde diep adem. 'We hebben het er niet meer over. Er valt ook niets meer over te zeggen. Behalve dat jullie zo lief voor me zijn.'

Vorige week had ze al besloten de maandag en dinsdag vrij te nemen. Ze was van plan met Françoise naar de film te gaan, naar de markt, naar een museum. Ze wilde zo veel mogelijk tijd samen doorbrengen. Nu kon ze er niet meer onderuit. Die zondagnacht sliep ze amper. Nadat Pieter zijn leeslampje had uitgeknipt, was ze, op gedempte toon zodat Françoise haar aan de andere kant van de muur niet hoorde, over Floris en Melissa begonnen. Grommerig draaide Pieter haar zijn rug toe. Hij vond Françoise 'verontrustend jaloers', en waar was het nou helemaal op gebaseerd? Hij begreep er niets van, voor hem was Floris geen man die zomaar vreemdging. 'Maar laten we pas verder praten als ze weg is, anders worden het wel heel moeizame dagen.'

Hij was meteen in slaap gevallen, zij hoorde het

twaalf uur, een uur, twee uur slaan. De afgelopen maanden was ze meestal biddend in slaap gevallen. Dan bad ze dat het Floris goed mocht gaan, dat hij doormaakte wat hij door moest maken, maar dat hij uiteindelijk net als zij vrede met hun beslissing kreeg. Of erom kon bidden. Dat die genade ook hem ten deel viel. Ze bad dat hij niet te vaak zou omkijken. De zomer was voorbij, er zouden andere zomers komen, maar niet een als deze. Haar gebeden begonnen als smeekbedes. God maak… God zorg… God ontferm u over hem… Over mij… Over hem… Over onze gezinnen.

Het bidden was een tweede natuur geworden, zo vanzelfsprekend dat ze nu ook haar handen vouwde en naar het raam keek, waar achter het witte rolgordijn twee spijlen een kruis vormden. Als bij de overburen nog licht brandde, schemerde het kruis door het rolgordijn heen. In stilte zei ze het Onzevader, maar algauw legde ze haar handen naast haar lichaam. De woorden in haar hoofd klonken geforceerd, bedacht. Het was alsof ze iemand na-aapte.

Ze keek naar het raam en zag twee strepen, twee elkaar kruisende lijnen, meer niet. Ze had zichzelf voor de gek gehouden met al die gedachten over ontzegging en opoffering en het grote gunnen. En de liefde die verder strekte dan de kring van dierbaren, een liefde die Heleen in verband had gebracht met de offerdood van Christus, die mateloos was in zijn liefde, niet nagevolgd kon worden maar wel als voorbeeld kon dienen; die hele verandering in denken, doen en laten zei haar nu niets meer.

Ze draaide van de ene zij op de andere, van haar buik naar haar rug en weer terug. Behalve hier in huis had ze met niemand over haar geloof gesproken, en dat was maar goed ook. Anders zou ze zich nog geroepen voelen standvastig te zijn, net als Ruth het ingeslagen pad te blijven volgen. Met verbazing dacht ze terug aan haar kinderlijk enthousiasme, het herinnerde haar aan die fase in haar leven dat ze nog om de paar weken iets anders wilde worden: zangeres, dokter, trapezeartiest. Of iemand die haar hoofd in de bek van een leeuw stopt. Voorbij, bidden kon niet meer. Goed, misschien was ze veranderd, maar dan was ze het nu weer, en dit keer een illusie armer. Ze zou Heleens boeken bij de conciërge op school achterlaten met een briefje erbij dat ze het de komende tijd erg druk had, eerst Sinterklaas, dan Kerstmis, kerstvakantie, de kinderen allebei vrij. Zo'n uitvlucht was beter dan nog eens afspreken, minder pijnlijk. Ze wilde ook liever niet meer gezien worden met die mannelijke vrouw met dat opzichtige houten kruis, die trouwens altijd al gevonden had dat ze te hard van stapel liep.

Tegen vier uur schrok ze wakker door geluiden uit de belendende kamer: voetstappen op het zeil die zich naar de gang haastten; de badkamerdeur ging open en dicht, er werd doorgetrokken. Vijf minuten later hoorde ze dezelfde geluiden nog eens. Ze bleef liggen, met haar oor tegen de muur. Aan de andere kant klonk gemompel. Praatte Françoise in zichzelf, was ze aan het bellen? May stond op en liep de gang in, uit de badkamer woei een koude windvlaag haar tegemoet. Ze sloeg haar hand voor haar neus. Françoise had het raampje opengezet maar de doordringende zure stank van diarree was nog niet verdwenen.

Na een klop op de deur ging ze Françoises kamer binnen. Het bedlampje was nog aan, Françoise zat rechtop in bed, de armen om haar opgetrokken knieen geslagen.

'Ben je ziek?'

'Iedere ochtend om deze tijd... Sorry dat ik je wakker heb gemaakt, maar ik kon toch moeilijk niet doortrekken.'

Ze giechelde en huiverde tegelijk, en trok het dekbed vaster om haar middel.

'Zal ik de verwarming wat hoger zetten? En wil je een kruik?'

'Graag.'

Françoise keek haar aan, er stonden tranen in haar ogen. May vluchtte de kamer uit, de trap af. Terwijl ze water opzette voor thee en een kruik, en beschuiten op een bordje legde, bij alles wat ze deed, dacht ze: Het komt niet door mij dat ze zo lijdt. Niet door mij,

niet door mij maar door Melissa. Ik zou het niet kunnen verdragen haar in deze toestand te zien en te weten dat het mijn schuld was.

XIV

Het bezoek vergde het uiterste van haar zelfbeheersing. In de Hermitage had Françoise nog haar best gedaan enige interesse voor de schilderijen op te brengen, om tijdens de lunch in het museumrestaurant weer zonder veel plichtplegingen bij Floris uit te komen. De thee die ze had besteld, liet ze koud worden, lusteloos prikte ze in haar salade.

'Ik zou woedend moeten zijn maar ik ben vooral bang.'

'Dat hij weggaat?' vroeg May.

'Ik vind het zorgelijk dat hij niet over haar praat. Met geen woord. Dat is toch vreemd, vind je niet?

Het moet wel een heel grote liefde zijn.' Ze zweeg. 'Ik probeer het me voor te stellen... Als ik verliefd ben kan ik dat nooit zo heel lang voor me houden. Zijn naam duikt dan ineens in alle gesprekken op, onwillekeurig. Didier zei laatst... Didier vindt... Didier vraagt of we vrijdag...'

May boog zich verder over tafel.

'Is er een Didier of is-ie bij wijze van spreken?'

'Een tijdje was ik nogal éprise van de vader van een vriendinnetje van Dédé.'

'Een schoolpleinflirt?'

'Onze eigen huisarts was er niet toen ik hem belde, de ochtend dat ik Nounou vond, dood in bed. En toen kwam er een vervanger, en hij deed wat er gedaan moest worden, en daarna kwam hij nog een keer langs om te vragen hoe het met me ging. Toen zag ik hem een paar weken later, inderdaad op het parkeerterrein bij school... Het was zo... vreemd, ik bedoel het moment. Achteraf begrijp ik wel waarom juist toen, juist op dat moment.'

May bleef haar nieuwsgierig aankijken, haar mond zakte een stukje open.

'Ik miste Nounou vreselijk en die leegte moest blijkbaar gevuld. Met opwinding, afleiding, seks.'

'En?'

'Ach nee... Het was fijn, die aandacht, maar het is de kunst het daarbij te laten, toch?'

May knikte haar vaagste knikje.

'Heb je het Floris verteld?'

'En passant. Hij zei dat hij zich er wel iets bij kon voorstellen.'

'Waarbij?'

'Bij willen ontsnappen, aan je verdriet, met iemand die niet alles van je weet.'

May klemde haar lippen op elkaar.

'En daarna wilde hij natuurlijk met me vrijen.' Françoise trok haar gezicht in een vreemde grimas om haar tranen terug te dringen. May legde haar hand op Françoises arm maar keek weg. Melissa wist vermoedelijk nog niet van het dode zoontje, misschien zelfs niet eens dat hij had bestaan. Maar op een dag gulpte het verhaal over Björn eruit, door een krantenbericht of een ongeluk waar ze toevallig langsreden: zwaailichten en een moeder met kind op de arm bij een vangrail. Dan moest Floris praten, of hij wilde of niet. Daarna was het snel voorbij, dan draaide hij zich om en droop af, huiswaarts. Ze keek Françoise aan en dacht: Het is waar, hij heeft voor jou gekozen. Het duurt niet lang, heus, hij komt bij je terug.

Na het museumbezoek wilde Françoise winkelen: ze had besloten dat ze haar uiterlijk maar eens in de strijd moest gooien. Met een nieuwe verenpracht, een nieuwe jas. Als Floris haar vrijdagavond laat in Clermont-Ferrand van het vliegveld haalde, moest hij met zijn ogen knipperen, haar even voor een ander aanzien, een vreemde van wie hij zijn ogen niet kon afhouden.

Het mocht geen blauwe of donkergrijze jas zijn, want die had ze al. En ook geen bruine of groene, want alle vrouwen op het platteland hulden zich in modder- en moskleuren.

'Deze dan?' vroeg May. 'Deze zou je prachtig staan.'

'Non, non, pas de rouge.'

Françoise duwde de jas resoluut van zich af en vervolgde haar zoektocht. May klemde haar natte hand om het staal van het kledingrek. Eerst stortte Floris zijn hart bij haar uit, tot in detail, zelfs de kleur van de jas waarin Françoise het kinderlijkje had gewikkeld, had hij eruit geflapt. Geheim op geheim op geheim. Hoe durfde hij van haar te eisen dat ze haar mond hield, tot in lengte van dagen.

'Kijk!' riep Françoise.

Ze hield een witte jas omhoog, van fijne doorgestikte parachutestof, met dons gevuld. Om de capuchon zat een rand van bont, een roodblonde vos of een goedgelijkende imitatie. Françoise trok haar eigen jas uit en gaf hem haar aan, om de nieuwe jas aan te schieten, opgewonden als een meisje dat uit een verkleedkist een bruidsjurk heeft opgediept. Het wit stak mooi af tegen haar zwarte haar, het bont verzachtte haar scherpe trekken. Ze glimlachte, niet

180

naar zichzelf in de spiegel maar naar de man die haar eind van de week in Clermont-Ferrand zou komen afhalen. Ze probeerde zichzelf door zijn ogen te zien, en haar gezicht klaarde op.

'Doen?'

'Doen.'

Ook zij nam een beslissing: ze zou het Françoise nooit vertellen. Haar bekentenis zou alles alleen maar erger maken. Nu had Françoise slechts één rivale, Melissa, en kon het bedrog nog een incident lijken.

'Hufter,' zei ze, uit de grond van haar hart.

'O, dat vind jij dus ook?' vroeg Françoise. 'Gelukkig, ik vond je al zo terughoudend.'

De eerste ochtend van het congres zette May Françoise met haar bagage, plus een glimmende tas met daarin haar oude jas, af bij haar hotel. De glazen deuren waren al open en Françoise stond met een voet in de hal, toen ze zich nog een keer omdraaide, haar aankeek en een kushand toewierp. Het verblijf bij hen had haar zichtbaar goedgedaan. Ze zag er geweldig uit in haar nieuwe witte jas, een energieke zelfbewuste vrouw die zich verheugde op de dagen die voor haar lagen.

Het liefst was May in bed gekropen, maar nadat ze de auto naar huis had gebracht, ging ze op de fiets naar de Universiteitsbibliotheek, waar ze zou blijven tot ze alle stof voor haar eerstvolgende tenta-men in haar hoofd had gestampt. Zonder zich een pauze te gunnen ploegde ze zich door een syllabus didactiek.

Wrok hield haar gaande, maar deed haar ook vaker dan ze wilde verbeten van haar werk opkijken. Kon zij maar naar een congres. Françoise vond de komen-de dagen afleiding bij collega's uit de hele wereld, zij kon haar onrust van zich afzetten door haar hersens te laten kraken, vragen te stellen, switchend van de ene taal naar de andere. En straks bij lunch of borrel was er vast wel weer een Didier die haar het gevoel gaf dat ze heel bijzonder was.

Melissa was nog meer te benijden. Als ze geen on-derzoek deed in een bibliotheek in Oxford, dwaalde ze door Londen op zoek naar meubels voor haar nieuwe huis. Of zou ze dat met Floris samen doen als ze een lang weekend over was in Chouvigny? Dan reden ze in zijn blauwe Chevrolet – Floris met zijn hand op haar knie – van dorp naar dorp, op zoek naar die ene lamp, de antieke spiegel voor naast het bed. Niets was te veel, te ver, te zwaar want ze waren sa-men; tegenover winkeliers deden ze alsof ze al een paar waren. Iedereen mocht het weten. Geen wonder dat een kennis van Françoise hen samen gezien had.

'Maar waar, wanneer dan?' had May gevraagd.

'Wat maakt het uit. Het kan best zijn dat hun affaire al begonnen is toen jullie er nog waren. Ik vond al dat hij er erg vaak tussenuit kneep. Een zaagblad uitlenen, ophalen, altijd maar die zaag waar hij weer voor op pad moest.'

De herinnering aan een van hun betere smoezen deed May van kleur verschieten, en jaloezie vermengde zich met schaamte. Zo verging het haar steeds: ze kon niet meer één ding voelen. Het was alsof er twee of meer vrouwen in haar huisden. Voor haar deed het er wel degelijk toe in welke week van welke maand het verraad begonnen was. Onverdraaglijk, de gedachte dat hij zich na hun schichtig afscheid in het bijzijn van hun gezinnen had omgedraaid om zijn oog op Melissa te laten vallen. Zonder te missen, zonder de pijn die haar achthonderdvijfenveertig kilometer verderop uit haar slaap had gehouden. Maar dat gemis, waar ze zich nooit tegen verzet had maar zich juist op concentreerde tijdens het bidden, was beter te verdragen, had meer glans dan wat ze nu voelde, dan deze leegte.

Heleen had de mededeling dat zij het voorlopig te druk had om af te spreken voor kennisgeving aangenomen. Op haar manier onderhield ze het contact. Soms knipte ze een interview uit, waarin ze een paar zinnen had onderstreept, en liet het in een envelop in Mays postvakje op school achter. In de kerstvakantie ontving May per post een bundel gedichten, ditmaal op haar huisadres, met een handgeschreven briefje erbij:

Lieve May,

Ik kan het niet laten je weer lastig te vallen. Je hebt
waarschijnlijk geen tijd om een heel boek te lezen,
maar voor een gedicht misschien wel. Czesław
Miłosz, als hij over geloof schrijft, is het alsof hij een
vraag beantwoordt van een scepticus. Hij gaat er
nooit van uit dat zijn lezer een medegelovige is die
wel weet wat hij bedoelt en aan een half woord
genoeg heeft. Het is net een gesprek (zoals onze
dierbare gesprekken op dinsdagmiddag, maar dan
poëzie). Hij begrijpt dat hij de moderne lezer niet de
stuipen op het lijf moet jagen door plompverloren
over bidden te beginnen, dus postuleert hij een vraag.
Lees maar.

Je vraagt me: hoe bidden tot iemand die niet is.
Ik weet alleen dat het gebed een brug bouwt van
 fluweel,
Waarop we verend lopen, als op een trampoline,
Boven landschappen – de kleur van rijp goud,
Herschapen door een magische stilstand van de zon.
Die brug voert naar de oever van Ommekeer
Waar alles andersom is en het woord 'is'
Een zin onthult die nauwelijks werd vermoed.
Je merkt het: ik zeg 'wij'. Want daar voelt iedereen
Mee met de anderen die in het vlees verstrikt zijn
En weet dat, al was er geen overkant,
Wij, net zo, die brug zouden gaan boven de aarde.

*(Ik heb dit gedicht in de bundel voor je aangekruist,
en nog een paar andere. Overschrijven is bijna net
zo fijn als uit het hoofd leren, merk ik nu.)
liefs,
Heleen*

'Je vraagt me: hoe bidden tot iemand die niet is.' Die eerste regel wierp al een vraag op die zij niet meer stelde, toch kon ze het gedicht niet wegleggen. 'De anderen die in het vlees verstrikt zijn…' Anderen net zo verstrikt als zij, door die woorden voelde ze zich even bevrijd en kon ze van een afstand naar zichzelf kijken. Waar was de vrouw die een paar weken geleden iedereen nog het beste gunde, voor wie gulheid de grootste aller deugden was? Ze miste haar.

Intussen verlustigde ze zich in verzinsels, het ene nog wreder dan het andere. De ene keer werd Floris, kort nadat hij bij Melissa was ingetrokken, er weer uit gezet. Françoise wilde hem niet terug en dus bivakkeerde hij in de huizen die hij verbouwde en als dat niet kon, sliep hij in zijn auto. Of nee, hij raakte niet beklemd tussen twee vrouwen, maar onder een zware balk. Verlamd vanaf zijn middel. Andere variant: een oude muur die hij restaureerde stortte in, boven op hem. Gestenigd voor overspel, niet door een woedende massa maar door het noodlot. Uren duurde het voor hij gevonden werd. Melissa kon het niet aan, de zorg voor een invalide man die ze nog maar net kende, Françoise kreeg met hem te doen en nam hem weer in huis. Nu zat hij hele dagen werkeloos in zijn rolstoel voor het raam, de benen onder een plaid, de voeten in geruite pantoffels. Almaar dikker werd hij van het eten van genadebrood. Uiteindelijk raakte hij weer aan de drank, kwam niemand hem meer bezoeken, zelfs zijn dochters keerden zich van hem af.

Soms stelde May zich voor dat hij dood was, dan kwam er tenminste een eind aan deze gedachten. De kilheid van haar eigen hart verbaasde haar. Ze was een meer met onvermoede diepten, ijskoud was het water daar.

XV

Op een dag laat de man met wie May nu al ruim tien jaar samen is, zich niet langer om de tuin leiden. Heel lang heeft Pieter niet willen zien dat er iets niet klopt. Als hij een verhaal zou lezen over twee paren die elke zomer een paar weken lang in elkaars gezelschap verkeren, en dat de vrouw van het ene paar bijkans instort als ze te horen krijgt dat hun vriend verliefd geworden is, dan zou Pieter haar onmiddellijk verdenken. Hij zou benieuwd zijn wanneer de bedrogen echtgenoot het eindelijk ook doorkrijgt, en snel doorbladeren om te lezen hoe de overspelige vrouw wordt ontmaskerd.

Nu het zijn eigen werkelijkheid is, de alledaagse werkelijkheid met duizend-en-een bezigheden die hem afleiden, vermoedt hij niets. Hij kijkt weg. Zijn inlevingsvermogen, een eigenschap waardoor vrouwen graag in zijn gezelschap verkeren, laat hem in de steek. In de weken na het bezoek van Françoise heeft hij May wel een paar keer gevraagd wat er aan de hand is, maar als ze dan antwoordt dat haar malaise niets met hem te maken heeft gaat hij over tot de orde van de dag. Pieter houdt van zijn werk, van het gezinsleven. Zoals de meeste mensen houdt hij niet van problemen, daarom gelooft hij May en maakt hij het haar niet al te moeilijk.

Tot die waterkoude dag in februari. Als hij rond halfzes van zijn werk komt, is het stil in huis, op het tikken van de klok en het rillen van de oude ijskast na. 'Merel… May…?' roept hij, maar hij krijgt geen antwoord. Met zijn jas nog aan loopt hij door het huis, opent de ene deur na de andere, tot hij haar vindt, in de zitkamer, op de bank, onder een plaid, met haar gezicht naar de muur. In de holte van haar knieën ligt de poes te slapen. Het gesnor van het dier overstemt Mays ademhaling. Ademt ze nog wel? Hij buigt zich over haar heen. De bult onder de deken beweegt, maar heel licht, alsof May zich voor een horde zoekende kinderen heeft verstopt en niet gevonden wil worden. Pieter schraapt zijn keel. Het verbaast hem dat hij niet opgelucht is, alleen maar geërgerd. Zijn agressie opent hem de ogen.

De afspraak met haar studiebegeleider had ze afgezegd. Ze had zich ziek gemeld, een aspirine genomen, en was in slaap gevallen. Dat van die ziekte was geen smoesje: ze leed niet langer alleen aan zichzelf, maar ook aan een pijn die ze aan kon wijzen. Sinds een paar dagen was ze na iedere maaltijd misselijk, en soms kwam er een zeurende pijn in haar buik opzetten.

Waar Merel was, vroeg Pieter, bij een vriendinnetje spelen, alweer? In één armbeweging schoof hij de poes van de bank en zette zich op de rand. Als die misselijkheid morgen niet over was, zou ze dan niet eens naar de dokter gaan? Hij stelde alle vragen die een bezorgde echtgenoot stelt, maar hij was er met zijn hoofd niet bij. Hij stond op, keek haar aan alsof hij iets ging zeggen, maar er kwam niets. Pas in de deuropening zei hij: 'Ik kreeg gisteren een mailtje van Françoise, ze vraagt zich af waarom ze al zo lang niets van je gehoord heeft.'

'Even niet.'

'Wat bedoel je?'

'Toen ze hier logeerde heb ik me drie dagen uitsluitend met haar beziggehouden, nu even niet.'

Met zijn vlakke hand sloeg hij tegen de deurpost.

'Die naastenliefde van jou... die is alleen voor vreemden? Voor arme sloebers en poezen uit het asiel? Maar een vriendin met een probleem komt je nu even niet uit?'

Aan zijn toon hoorde ze dat dit geen impulsieve kritiek was maar opgekropte. Beledigd wendde ze haar hoofd af.

'Spreek je die Heleen nog wel eens?'

Ze haalde haar schouders op.

'Ik dacht dat je zoveel aan jullie gesprekken had. Wat ís er met je?'

'Ik voel me niet goed. Je zegt zelf dat ik naar de dokter moet.'

'Ik heb het niet over de laatste dagen.'

Ze trok de plaid op tot aan haar neus. Terwijl ze antwoordde bleef haar adem in de wol hangen, en daardoor was het alsof de woorden niet door de deken heen kwamen en ze alleen zichzelf voorloog.

'Ach... Floris en Françoise... Zo droevig allemaal.'

'Het is hun huwelijk, niet het onze.'

'Toch moet ik er steeds weer aan denken.'

'Waar denk je dan aan? Concreet? Geef eens een voorbeeld.'

Terwijl Pieter almaar roder werd, bleef hij haar strak aankijken. Ze zweeg. Gisteravond was ze in slaap gevallen met de vraag wat het voor Floris zou betekenen als zij doodging, plotseling, aan een verwaarloosde blindedarmontsteking of wat het ook was dat haar die zeurende pijn in haar buik bezorgde. Hij zou denken dat ze van verdriet gestorven was, om hem. Na haar dood was hij nooit meer dezelfde, een gebroken man, om niet te zeggen een wrak.

'Als je de moeite nam Françoise te antwoorden,

wist je dat het weer wat beter gaat.'

'Wat zeg je?'

'Beter, tussen haar en Floris.'

Ze schoot overeind. 'Heeft hij genoeg van Melissa?'

'Weet ik niet, maar dat huis is af. Hij heeft zich daar zes maanden tot 's avonds laat afgebeuld, maar nu is het klaar. Hij schijnt weer wat vaker thuis te zijn. Ze praten weer. In de voorjaarsvakantie gaan ze met zijn vieren skiën.'

'Goh...'

'Ben je niet blij voor ze?'

Hij keek haar argwanend aan. Ze trok zich weer terug in een hoek van de bank, de plaid dicht tegen zich aan.

'Natuurlijk.'

In een paar passen was hij bij haar.

'Huichelaar.' Met een ruk trok hij de plaid weg. 'Doe die deken weg, je bent geen kleuter meer. Is het waar wat ik denk: hebben jullie iets met elkaar gehad, Floris en jij?'

Ze keek langs hem heen, door de open deur, de gang in.

'Heel kort maar,' mompelde ze, alsof de verhouding daardoor ook iets futiels werd.

'Wanneer?' vroeg hij ijzig. 'Nee, laat maar, ik denk dat ik het wel weet. Of vergis ik me, is het al eerder begonnen?'

'Nee, alleen deze zomer,' riep ze uit. Ze stond op. 'Daarvoor niet, daarna niet, nooit meer. Ik ga daar niet meer naartoe, echt niet. Ik hoef hem niet meer te zien.'

'Goed, vertel jij het de kinderen?'

Ze schudde haar hoofd, in ongeloof. 'Gaan we uit elkaar... Wil je scheiden? Hierom, om iets wat allang over is?'

Hij keek haar minachtend aan en zei: 'Vertel jij de kinderen dat we nooit meer naar Chazelle gaan?'

Haar hand schoot uit naar zijn wang, maar hij draaide zich bijtijds af, haar vingertoppen scheerden langs zijn schouder.

'Is dat het ergste, dat ik jullie je vakantiebestemming afneem?'

Er viel een stilte. Hij liet zich op de bank zakken, schoof zijn bril in zijn haar en drukte zijn vuisten tegen zijn ogen. Zachtjes trok ze ze weg.

'We hebben elkaar van alles beloofd. En daar wilde ik me ook aan houden. Het was ook niet de bedoeling. Maar ineens zaten we te zoenen... Ik praat het niet goed, ik weet het: daar had ik het bij moeten laten.'

Hij keek haar aan, heel bloot zonder bril.

'Ik ben geen eunuch. Ik voel ook wel eens wat voor iemand anders. Waarom heb je het me niet verteld?'

Het bleef even stil.

'Ik heb het nu toch gezegd.'

'Niet uit jezelf.'

'Ik durfde niet.'

Verdrietig keek hij haar aan, jaren ouder leek hij ineens.

'Je bent toch niet bang voor me?' vroeg hij.

'Je was altijd zo streng in de leer.'

'Ik wil je niet kwijt.'

'Zo stellig. Door wat je had meegemaakt, door die klotescheiding. Dat zit altijd in mijn hoofd. Dat maakt het niet echt makkelijk om erover te beginnen...'

Hij stond op en beende de kamer uit, de trap af, de keuken door, naar buiten, naar de schuur waar zijn racefiets stond. Al zijn bewegingen veroorzaakten kabaal, alsof elk meubel, ieder voorwerp in het huis hem in de weg stond.

Uitgeput en bezweet was hij twee uur later thuisgekomen. Het was donderdag, dan aten de buurkinderen altijd mee omdat hun moeder tot laat moest werken. Een gesprek voeren over iets anders dan school, pony's en balletles zat er niet in. Na het eten vertrok Pieter meteen naar een tafeltjesavond, op de school van Tijmen. Met Ina, en daarna zou hij iets met haar gaan drinken. Dat deden ze altijd, na iedere ouderavond. Dat kon hij niet afzeggen.

Nadat ze Merel had voorgelezen, was ze met een krant en een boek naar bed gegaan. Veel vroeger dan ze verwachtte kwam Pieter thuis. Ze hoorde hem de televisie aanzetten, in de keuken rommelen, de broodtrommel ging open en dicht. Als Pieter ongelukkig was ging hij altijd schranzen. Zij riep naar beneden dat ze nog wakker was, hij vroeg of zij soms ook een boterham wilde, of iets drinken misschien. Wellevendheid moest het terrein klaren.

'Wat ben je vroeg? Had ze geen tijd?' vroeg ze toen hij eindelijk hun slaapkamer binnenkwam.

'Ik heb gezegd dat ik naar huis wilde.'

Dat had hij nog nooit gedaan: haar voor laten gaan als zijn zoons belang in het geding was. Voor zij goed en wel rechtop zat om hem te zeggen dat het haar speet, vreselijk speet, stak hij van wal. Hakkelend zocht hij naar woorden. Hij dacht nu niet anders over hun belofte van trouw dan tien jaar geleden, maar betreurde de manier waarop hij die had afgedwongen. Hij had haar niet willen imponeren met zijn mislukte huwelijk. Zijn stelligheid was niet als dreigement bedoeld, geen chantage. Het speet hem dat het zo had uitgepakt.

'Ik wil juist weten wat er met je is. Altijd, ook als je van me wegdrijft. Ook als je Floris mist.'

Onzeker keek hij haar aan. Ze pakte zijn hand en drukte hem tegen haar wang.

'Ik mis hem niet, niet meer. Het is voorbij, echt, we hebben er een paar dagen voor het eind van de vakantie al een punt achter gezet. Maar nu voel ik helemaal niets meer voor hem. Minder dan niets zelfs. Hij heeft me nog een paar keer een sms'je gestuurd en dat heb ik niet eens gelezen.'

'Zoekt hij nog steeds contact?'

'Nee, die dag dat Françoise hier aankwam. Om zich in te dekken natuurlijk. En nog een paar daarna, maar ook die heb ik nooit geopend.'

Ze beloofde voortaan openhartiger te zijn, ook als dat wat ze te zeggen had Pieter misschien pijn deed. Terwijl ze het zei, hoopte ze dat hij haar oprechtheid niet meteen zou testen door al te gedetailleerde vragen te stellen over de afgelopen zomer. Ze wilde liever niet herinnerd worden aan wie ze was tijdens die tocht op de Sioule, en hoe ze zich had laten meesleuren in een voorstelling van een liefde die duurde tot aan de dood, en langer nog. Ze wilde niet meer omzien, maar Pieter in de ogen kijken. Beseffen hoe blij ze was dat hij niet in razernij was blijven hangen, maar over zichzelf nadacht. Over zijn vriendschap met Floris, of wat daarvan over was.

Pieter kreeg de naam amper over zijn lippen, het woord vriend sprak hij schamper uit. Ze voedde zijn afkeer niet, maar sprak hem ook niet tegen. Hij dacht erover Floris een brief te schrijven, dat hij hem voorlopig niet meer wilde zien. Of misschien wel nooit meer. Toen ze opgelucht knikte, keek hij haar bedroefd aan. Besefte ze wel wat ze kapot hadden gemaakt, wat deze breuk betekende voor de kinderen? Had ze al bedacht hoe ze het uit zou leggen? Ze schudde van nee, Lucie en Dédé waren hier altijd welkom, de vier kinderen mochten in geen geval de dupe worden van de stommiteit van hun ouders, maar ze wilde nu even niet denken aan de komende zomer, en wat de kinderen wel of niet mochten weten. Hij wist het nu.

Ze pakte zijn hand. 'Kom in bed. En nu niet weer eerst afsluiten en alle lichten uit en weet ik veel wat je allemaal nog moet, maar meteen, alsjeblieft.'

Daarna spraken ze geen woord meer, maar probeerden elkaar met hun lichaam te troosten, tot ze veel later bekaf van alle emoties in slaap vielen.

De bekentenis klaarde de lucht tussen hen beiden, maar als ze alleen was voelde ze zich nog steeds bedrukt. Een week later kreeg ze op een vrijdagavond na een maaltijd bij vrienden 's nachts weer pijn, zo hevig dat ze niet in bed kon blijven liggen. De steek die in haar middenrif begon, golfde door haar heen, als een wee, niet naar haar bekken maar omhoog naar haar borst. Met haar armen gevouwen over haar buik ijsbeerde ze door de keuken. Dit keer ging het niet na verloop van tijd vanzelf weer over, en het lukte haar evenmin zichzelf af te leiden door aan iets prettigs te denken. Integendeel, het was alsof de pijn een magneet was die haar zwartste gedachten aantrok.

De ene na de andere pijngolf benam haar de adem. Ze kreeg het benauwd en wist ineens niet meer zo zeker wat ze voelde, waar de pijnbaan begon. In het midden of hoger, had ze het niet toch aan haar hart? Nee, het was niet overdreven midden in de nacht een dokter te bellen, ze moest Pieter wekken.

Toen ze een uur later, in een poging haar kwaal voor de dienstdoende arts te beschrijven, het woord 'wee' gebruikte, keek Pieter haar van terzijde met grote ogen aan. Aan zijn verschrikte blik zag ze dat hij zich afvroeg of ze misschien zwanger was. En van wie dan? Tegelijk met een nieuwe scheut pijn voelde ze een oud verwijt in zich opkomen: als hij zoveel van haar hield, waarom gunde hij haar dan niet nog een kind? Hij had een zoon en een dochter, een konings-koppel, maar één kind dragen, baren, voeden was te weinig voor iemand zoals zij, die… Een volgende pijnaanval kapte de gedachte af.

Ze was alleen maar zwanger van een steentje. Na-dat hij haar uitgebreid had onderzocht, diende de arts haar een morfine-injectie toe. Ze had een galsteen, vermoedde hij, en hij gaf haar een verwijsbriefje voor de internist en een recept voor een zetpil, mocht de pijn dit weekend weer te erg worden. Het was voor het eerst in maanden dat ze zo snel insliep. Ze werd duizelig als na een paar glazen wijn, het was alsof ze achterovertuimelde, in een val die niet gebroken werd door pijn, zorgen of rancuneuze gedachten.

Pas tegen het middaguur werd ze wakker. Lang-zaam rekte ze zich uit en ze bleef nog wat liggen luisteren naar de geluiden een verdieping lager. Iemand laadde de afwasmachine uit, het kattenluik klapte open en dicht. Onder haar raam bliezen twee katers naar elkaar. Hun bazen hadden de hekken en heggen in de loop der jaren weggehaald en de kinderen beschouwden het als één groot erf en deelden grasveld en pingpongtafel, maar de katten leken precies te weten waar hun territorium begon en eindigde en duldden geen indringers. Op het geblaas en gemauw van de dieren na was het stil in de tuinen van de Tweede Helmersstraat, de kinderen waren op het plein of elders aan het spelen. Naast haar op het nachtkastje stond een mok jasmijnthee. Er werd goed voor haar gezorgd, ook als ze sliep. Dankbaar sloot ze haar ogen.

Nu het er weer was, besefte ze pas hoelang ze dit niet had ervaren en het vreemde was: zonder te merken dat er iets ontbrak. Blijkbaar kon je zonder dankbaarheid, zoals je ook de dag wel doorkwam zonder te glimlachen. Het is goed zo, dacht ze, ik lig in een warm bed, in een huis dat niet bezig is te verzakken. Het dak lekt niet. Elk hoekje van iedere kamer is me even vertrouwd. Er wordt veel van me gehouden, heus. Ik heb geen ernstige ziekte, ik ga niet dood. Het is maar een steentje, en vast even makkelijk weg te halen als een steentje in mijn schoen.

Ze nam een slok van haar thee en pakte de dichtbundel van Miłosz, die al weken op haar nachtkastje lag. Ze ging rechtop zitten en las er wat in, bladerde door, tot ze een gedicht tegenkwam waar Heleen twee potloodkruisjes naast had gezet.

Op zekere leeftijd

Wij wilden zonden bekennen en er was niemand aan
*   wie.*
De wolken wilden ze niet aanhoren, noch de wind
Die een voor een alle zeeën bezoekt.
Het lukte ons niet de dieren te interesseren.
De honden, ontgoocheld, wachtten op een bevel.
De kat, immoreel als altijd, viel in slaap.
Een persoon, ons schijnbaar genegen,
Was niet geneigd te luisteren naar wat vroeger
*   gebeurd was.*
Gesprekken met anderen, bij wodka of koffie,
Hoefden we niet te rekken na het eerste signaal van
*   verveling.*
Het zou vernederend geweest zijn een man met
*   diploma*
Per uur te betalen alleen voor een luisterend oor.
Kerken. Misschien de kerken. Maar wat daar be-
*   kennen?*
Dat wij onszelf ooit mooi en edel vonden,
Maar dat later, op deze plaats, een afzichtelijke pad
De dikke spleetogen opent
En men weet: 'Dat ben ik.'

Ze las het gedicht met stijgende verbazing, een paar maal achter elkaar. Nooit eerder had ze iets gelezen wat haar zo op het lijf geschreven was. 'Dat ben ik,' zei ze, en terwijl ze het nog eens herhaalde, herinnerde ze zich een moment heel vroeger, toen ze deze woorden, bijna dezelfde woorden, had gedacht. Ze was een jaar of vijf en zat op de grond met een vriendinnetje te spelen. Naast elkaar maar niet samen, op een vloerkleed over speelgoed gebogen, ieder in haar eigen wereld. En ineens, zonder aanleiding, werd haar duidelijk dat zij iemand anders was. Niet slimmer of dommer, leniger of houteriger, onhandiger of behendiger, maar domweg: een ander. Een ander dan het kind dat naast haar zat. Het was alsof ze de omtrek van haar eigen lichaam in die kamer kon voelen, alsof een hand die op dat moment tekende. Ze dacht: Ik ben ik. Daar zit zij, en dit ben ik. Die gewaarwording was niet droevig, pijnlijk of ontnuchterend, alleen maar wonderlijk. Het was geen conclusie maar het begin van iets, hoewel ze niet zou kunnen zeggen waarvan.

XVI

De eerste diagnose bleek de juiste: haar galblaas moest eruit, tot die tijd moest ze zich ontzien en opletten wat ze at. Toen ze wist wat ze mankeerde en wanneer ze geopereerd kon worden, maakte ze zich verder geen zorgen. Ze vertrouwde op haar internist, had de pijnstillers altijd bij zich, tot de operatie in april hield ze het wel uit. Op de universiteit en op school waren ze op de hoogte, als ze zich niet goed voelde, hoefde ze niet te komen.

Algauw merkte ze dat haar gemaal over Floris weer de kop opstak, die kwaal kon ze niet negeren. Haar wrok leek wel een mol die tijdelijk ondergronds was gegaan en nu weer opdook. Dat het al weer uit was met Melissa hielp niet, het maakte Floris in haar ogen nog onbetrouwbaarder. Voor even was het wel leuk geweest: werk en meisje combineren, maar nu het huis af was, de rekeningen betaald, had hij haar de bons gegeven. Hij deed maar wat, hij was een opportunist, een player, een sjoemelaar.

Op een zondagmiddag, begin maart, liep ze zo met haar ziel onder de arm dat ze het binnen niet langer uithield. Ze sloeg haar studieboeken dicht, haastte zich naar buiten, de straat op, het Vondelpark in. Hier sprak ze zichzelf streng toe: Rustig aan, anders had je net zo goed thuis kunnen blijven. Kijk eens om je heen, als een schilder, zonder na te denken. Kijk naar de vorm van de bomen, naar de kaalgewaaide takken, nog zonder knop, naar de lege ruimte tussen de lijnen.

Toen ze gehoorzaam tussen de takken door naar de lucht keek ontdekte ze tot haar grote schrik dat daar, vlak achter de bosjes, een muur verrezen was. Geen schutting met uitleg wat er gebouwd werd, maar een muur zonder één raam of deur. Pas toen haar blik nog verder omhoogging, zag ze dat ze zich vergiste: de lucht zelf was egaal grijs, de kleur van nat beton.

Het besef dat ze het niet goed had gezien, luchtte even op. Ze probeerde zich er een poosje mee te amuseren zoals met het plaatje van de heks met de kromme neus en het boze oog, waarin je, als je je blik even afwendde, de volgende seconde een lieftallig meisje zag. Nog een paar maal keek ze omhoog: ja, nu zag ze heus wel dat het de lucht was die door de takken heen schemerde, een loodgrijze maartse lucht, maar het benauwende gevoel dat er een muur om het park lag, kon ze niet meer van zich afzetten. Het meisje bleef maar heks.

Ze keerde terug naar huis, pakte de autosleutels en reed de stad uit. Ze moest verder weg, naar zee. Vroeger, toen de kinderen nog niet zoveel te doen hadden in het weekend, reden ze vaak richting Haarlem, en dan namen ze de afslag met het minste verkeer. Het was niet druk op de weg, een luwe zondag tussen de seizoenen.

Ze sloeg af bij IJmuiden, daar werd ze omgeleid en miste een gele pijl, of misschien had iemand die pijl weggehaald, uit balorigheid, om sukkels zoals zij die geen gevoel voor richting hadden een loer te draaien. Minutenlang reed ze door een buitenwijk van een buitenwijk, tot ze na een bocht in de weg het Noordzeekanaal zag liggen. De pont was net vertrokken. Ze zette de auto stil, de motor uit. Velsen-Noord, Beverwijk, las ze op het bord met het bootje, Wijk aan Zee stond er nog niet op. Ze maakte haar gordel los en opende het portier. De frisse geur van het brakke water stroomde de auto in, maar kalmeerde haar niet. Tevergeefs zocht ze in het dashboardkastje naar iets om op te kauwen. Ze was gestopt met roken, lang geleden, maar als ze nu sigaretten bij zich had gehad, had ze er een opgestoken. Te rusteloos om te blijven zitten, stapte ze uit, en liep heen en weer op de oever tot de pont terugkeerde om haar het water over te zetten.

Een kwartier later reed ze het dorp in. Het klonk zo nuchter: Wijk aan Zee, maar het was een lieflijk plaatsje met kronkelende straatjes, een grote weide in het midden en huizen tegen de duinen aan gebouwd. Zoiets romantisch had ze niet verwacht. Een witgekalkt pension met dichte rolluiken, naast de deur een bordje: ZIMMER ZU VERMIETEN. Hing het er nog, of alvast, of het hele jaar door? Zonder verder om zich heen te kijken, doorkruiste ze het uitgestorven dorp.

Op een paar auto's na waren de vakken leeg. De witte strepen op de stenen waren nog maar net zichtbaar, alsof ze getekend waren met krijt door een kind. Zelf tekende ze vroeger hele huizen op de stoep en fantaseerde dat ze erin woonde. Misschien waren de huizen en paleizen die uit een paar lijnen bestonden wel de mooiste. Leefbaarder dan de echte. Als het huis te benauwd werd, tekende je er gewoon een paar kamers bij. En toen was ik de prins en jij mijn prinses en we aten brood en vis uit blik, zoveel we konden… Ze klemde haar lippen op elkaar: niet doen, kwel jezelf niet. Hij is het niet waard.

Met grote passen liep ze de weg af, het duin over, onderaan bleef ze staan. Keek ze anders altijd een poosje voor zich uit, verbaasd alsof ze de zee voor het eerst zag, nu zocht haar blik de pier. Het motregende niet meer, de lucht was hier lichter dan in de stad met wijde blauwgrijze oogschaduwvegen. Geen mist die de pier aan het oog kon onttrekken.

Was het heel anders gegaan dan hij haar verteld had, had hij gelogen? Hij zou niet de eerste zijn. Vaders sloegen hun kind dood in drift en belden daarna 112. Voor de ambulance er was, had de moordenaar zijn versie al bij elkaar verzonnen. Het was naïef te denken dat alleen een ander slag mensen tot zoiets in staat was, primitievere, onbesuisdere wezens, heel erg 'verstrikt in het vlees'. Het verklaarde waarom Françoise en Floris zo zwijgzaam geweest waren, tot die ene keer op het strandje aan de Sioule, maar toen zat Floris met zijn rug naar haar toe. Ze had zijn ogen niet gezien, tot hij zich omdraaide. Zijn blik... nog nooit had ze iemand zo bedroefd zien kijken.

Ze stond stil en ademde de koude zeelucht in. Het was goed alle mogelijkheden open te houden, zeker, tenslotte had ze zich al eens in hem vergist, maar nu zat ze fout. Sorry, zei ze zacht, niemand weet dat ik dit gedacht heb, gelukkig. Had ik het hardop gezegd, dan was het laster van de ergste soort, karaktermoord. Ze slikte en sloot haar ogen, voelde de wind op haar gezicht, zilte wind die een beetje plakte, als

zijn handen na het vrijen. Windkracht zes, had hij gezegd, meer wind dan nu. Het opwindende weer van
vlak voor de storm. Ze wist hoe hij eruitzag als hij ergens in opging. Zijn gezicht dicht bij het hare, zo duidelijk als toen ze elkaar voor het eerst kusten, zo echt
als hij later vaak in haar dromen verschenen was, zag
ze hem nu voor zich: plank onder de arm, op een
drafje naar de vloedlijn om maar geen seconde te
missen. Vlug veegde ze haar tranen weg.

Heel lang liep ze zo over het strand, tegen de wind in
die herinneringen losmaakte waar ze zich niet meer
tegen kon verweren. Na een tijdje doemde er recht
voor haar een streep op, dwars de zee in. Ze kneep
haar ogen toe. Het was niet de horizon zelf die in een
flauwe bocht in de kustlijn overging maar een streep
die naarmate ze dichterbij kwam dikker werd. De
pier. Hij bestond. Hij was er al die tijd al. Terwijl ze
erop afliep, zag ze Floris voor zich, op zijn plank, ver
uit de kust, onwetend nog van wat hem te wachten
stond. Onwetend van de wind die aanwakkerde, nee
nog niet… Niet hier, het was dichter bij de pier gebeurd, niet ver van het punt waar Françoise het strand
op was gekomen om hem te waarschuwen dat het allang tijd was. Niemand liep langer dan nodig tegen de
wind in, met een baby en twee kleine kinderen.

Om en om zag ze hen voor zich: dan weer Floris op
zee, dan weer Françoise op het strand, in haar rode

jas, een hand om de beugel van de kinderwagen. Tot dat ene moment dat ze ongeduldig werd en haar hand optilde.

Ze keek om zich heen. Op sommige plaatsen was het strand geribbeld, een schoenzool met een diep profiel. Als het karretje daar op hol geslagen was, was het vast voortijdig omgeslagen. Maar op andere stukken was het strand vlak als asfalt: een racebaan van zand. Ze legde de afstand met haar ogen af, en huiverde. Stopte haar handen dieper in de zakken, trok de panden van haar jas strak, strakker nog, om zich heen, alsof ze zichzelf inbakerde.

Verder ging ze niet, echt niet. Ze wist genoeg. Het was nog een heel eind terug naar de parkeerplaats, ook al had ze de wind dan in de rug. En kijk, het begon al te schemeren... Thuis werden ze vast ongerust.

Ze wilde er niet heen en moest ernaartoe, naar de hoger dan manshoge muur. Door het lage tij lag alles bloot: langs de hele onderrand van de pier waren schots en scheef enorme basalt- en betonblokken gestort. Donkere kieren, brede kloven met slierten wier. De openingen tussen de stenen waren groot genoeg om duizenden briefjes in te schuiven, met evenzovele smeekbedes, vloeken en jammerklachten. Het was alsof ze ze hoorde, in het fluiten van de wind om de stenen, in het ruisen van de golven. Een klaaglied om Björn.

Hier ergens had hij gelegen. Of daar bij dat blok met

die roestige haak; een deel van de steen was bedekt met een laag wier, te dun om de klap te verzachten. Hopeloos, reddeloos, in een oogopslag had Françoise het gezien. Ze had haar oor bij zijn lippen gehouden om te horen of hij toch nog ademde. Of de kleine pols gevoeld misschien. Toen had ze haar jas uitgetrokken, het kind erin gewikkeld zodat niemand zag wat zij had gezien, en gewacht tot Floris uit zee kwam.

Onwillekeurig keek ze over haar schouder. Nu het donkerder werd, leek de ruis van de branding ook dieper, alsof er aan de horizon een vrachtschip voorbijvoer. Het geluid van een zware motor naar de kust gedragen op de wind, een dreigende bas die het luchtruim vulde.

Ze strekte haar hand uit naar een betonblok vlak voor zich op ooghoogte, betastte met haar vingertoppen de grote kiezels, streek met haar hand over de pokdalige huid. Toen legde ze haar bovenlichaam ertegenaan en ten slotte ook haar wang. Zo bleef ze staan, stil tegen de steen geleund, die langzaam warmer werd en zachter leek het, van een andere materie.

Een voor een spoelden de beelden aan: Floris, geknield in de kapel naast Dédé. Het lied was nog niet verstomd of Françoise liep naar hem toe en legde haar arm om hem heen. En hij beantwoordde dit gebaar door zijn hand om haar heup te leggen, zijn wang tegen haar buik. Die middag bij de kapel had ze alles begrepen wat er te begrijpen viel, van hem en zijn huwelijk met Françoise. Op geen ander moment had ze meer van hem gehouden. Zo wil ik aan hem denken, wist ze nu. Wat hij daarna heeft uitgespookt met Melissa, is bijzaak.

Ze kwam overeind, klopte het zand van haar jas, langer dan nodig. Ze strekte haar hand nog eens uit naar de steen. Even bleef hij daar liggen, toen liet ze de steen los en keerde huiswaarts.

's Nachts droomde ze dat ze weer bij de pier stond. Ze had een krijtje in haar hand en boog zich voorover naar de steen. Wee Floris, schreef ze, Wee Françoise, Wee Björn. Bij het wakker worden probeerde ze de droom weer op te roepen en ook de woorden die ze op de steen had geschreven. De letters waren nog niet vervaagd, de steek van medelijden was nog even fel. 'Wee…' Hoe was ze in haar slaap op dat woord gekomen? En wat een zinloze vraag, want hoe kwam ze in die droom aan een krijtje?

XVII

Hier had dit verhaal kunnen eindigen, maar er is meer en niet alles laat zich raden. De volgende middag fietste May iets na halfvijf de stad door naar het Begijnhof. Ze liep de poort op het Spui door en ging de rode bakstenen kerk binnen. Het wemelde er van de mensen, toeristen vooral, maar een vrouw in habijt was er niet bij. Een vrijwilliger die een oogje in het zeil hield, merkte haar zoekende blik op. Hij verwees haar naar de overkant: daar moest ze zijn. Al die keren dat Heleen de kapel in het Begijnhof had genoemd, had May gedacht dat het om deze kerk ging, maar er bleken er twee te zijn: een die gezien mocht worden en een die gebouwd was als schuilkerk.

Direct bij het binnenkomen van de kapel zag ze Heleen, geknield in een van de voorste banken. Ze had
het hoofd niet gebogen, maar keek op naar het kruis
boven het altaar. Daar hing geen mossige aaibare Jezus zoals op het kruispunt bij Ayat, maar een mar-
merbleke knokige man. Aan iedere lijn in zijn gezicht
en zijn lichaam was te zien dat hij leed. Dat hij zijn
handen niet voor zijn gezicht kon slaan, zichzelf niet
kon beschermen of wegduiken maakte hem nog
weerlozer. Toch schrikte zijn naakte hulpeloosheid
haar niet af en de andere aanwezigen blijkbaar ook
niet. Sommigen hielden hun ogen onafgebroken op
hem gericht en hoewel ze niet de neiging had hun
voorbeeld te volgen, bevreemdde de aanblik haar
niet.

Ze nam plaats op de achterste bank, in een hoekje
naast een muur. Er waren nu zo'n dertig mensen in de
kerk, genoeg om de ruimte niet leeg te doen lijken. De
mis begon, de priester heette iedereen welkom, en
zijn blik viel ook even op haar. Hij zette de schuldbe-
lijdenis in en de meeste kerkgangers zeiden de tekst
mee: 'Ik belijd voor de almachtige God en voor u allen dat ik gezondigd heb in woord en gedachten, in
doen en laten…' 'Almighty God' hoorde ze een man
voor zich zeggen en ze ving ook een flard Spaans op,
en een taal die ze niet thuis kon brengen. In al die talen zeiden de aanwezigen hetzelfde: '… door mijn

schuld, door mijn schuld, mijn grote schuld…'

Te grote woorden, had ze ooit tegen Heleen gezegd. Je hebt toch niet iedere keer dat je die zin uitspreekt een enorme zonde begaan? Dat bestaat niet. Hoe krijg je het dan over je lippen? Haar gesputter had Heleen geamuseerd. Er was altijd wel iets verkeerd gegaan in woord en gedachte, in doen en laten. Heleen laadde die woorden, iedere keer met een ander tekort. Soms groot, soms klein. Het was niet nodig de tekst te veranderen, zij hoopte dat de tekst haar veranderde.

Nu vond ze de woorden niet te groot. Ze dacht aan Françoise, rillend in bed op Tijmens kamer na de zoveelste krampaanval op de wc. En hoe blij ze zelf was geweest dat ze de schuld aan Françoises ontreddering op Melissa kon afschuiven.

De rest van de mis kon ze haar aandacht er niet bijhouden, er was te veel wat haar ontging. Ze verstond niet alles wat er gezegd werd en begreep niet altijd waarom er geknield, opgestaan en een kruis werd geslagen. Toch was ze nu nergens liever dan hier, in dit hoekje op de achterste bank in deze kapel, ze had genoeg om over na te denken.

Ze schrok op uit haar gepeins toen ze voelde dat de priester haar weer aankeek. En niet alleen haar, nog een paar kerkgangers knikte hij een voor een uitnodigend toe. De voorbeden begonnen: wie er behoefte aan had, kon zeggen waarvoor of voor wie hij een gebed wilde opdragen. Er viel een stilte. Wrevelig ging ze verzitten, als ze al iets te bidden had, dan zou ze het niet hardop doen, in het bijzijn van anderen. Ze zou schrikken van de klank van haar eigen stem.

Een Surinaamse vrouw in een appelgroene lakjas wilde bidden voor ene Roy en ook voor zijn broer Andy. Een blanke grijsaard die onder zijn windjack een Afrikaanse tuniek droeg, vroeg om steun bij een moeilijk gesprek, overmorgen. Net toen zij zich af-vroeg of alle dertig of meer aanwezigen nu iets zou-den opnoemen en of zij er dan nog wel onderuit kon, hoorde ze haar naam noemen. Met een schokje rechtte ze haar rug, en keek naar de voorste bank.

'Ik bid weer voor May. Voor haar operatie in april en alles wat haar misschien nog meer pijn bezorgt.'

Weer... voor May... Als ze Heleen op school tegen-kwam hield ze het altijd zo kort mogelijk. Ruim drie maanden had ze de non ontlopen, maar Heleen was haar niet vergeten. Verlegen keek ze om zich heen, naar de priester op het altaar, die zijn handen gevou-wen had en meebad, naar de ruggen in de banken voor haar. Men kende haar hier, haar naam althans. Haar naam had in deze kapel geklonken, wildvreem-den hadden de gebedsintentie van Heleen in stilte be-aamd. Ze had het niet gemerkt, maar dat ze het nu wist, maakte haar met terugwerkende kracht iets minder eenzaam.

Ze wachtte tot de mis was afgelopen. Toen Heleen

uit de bank stapte en over het middenpad naar de uit-
gang liep, schoof zij haar blikveld in.

'Dank je,' fluisterde ze toen Heleen naast haar bank
stilhield, en ze herhaalde het nog een paar maal terwijl ze opstond en weer ging zitten. Schutterig om-
helsden ze elkaar.

'Ik wist dat je zou komen, alleen niet wanneer,' zei
Heleen. Ze groette verstrooid wat mensen die haar
passeerden en ging toen schrijlings in de bank voor
de hare zitten.

'Hoe is het nu met je?'

Fluisterend begon May te vertellen. Over het bezoek van Françoise, die haar hart was komen luchten
over Melissa, en het tumult dat dit bericht had ver-
oorzaakt. Ze spaarde zichzelf niet. Zonder in details
te treden bekende ze haar fantasieën over Floris, de
wreedheid van haar voorstellingen en ook hoe ach-
terdochtig ze was geweest. Zelfs het ongeluk van
Björn had ze in twijfel getrokken.

'En dat wou je me graag vertellen? Daarom ben je
gekomen?'

May knikte.

'Je hebt hem hartgrondig gehaat en nu heb je hem
vergeven.'

May aarzelde. 'Als je bedoelt dat ik denk: hij is zoals
hij is, daar kan ik niets aan veranderen maar toch
houd ik van hem, ja, dan heb ik hem vergeven.'

Heleen legde de hand die ze al luisterend als een

schelp achter haar rechteroor had gehouden, op de hare.

'Maar waarom ben je dan nog zo verdrietig?'

May dacht even na.

'Ik ben teleurgesteld. Op zijn zachtst gezegd.'

'In Floris? Nee, in jezelf, in alles. Dat begrijp ik. Het valt ook niet mee allemaal.'

'Ja, wrijf het me nog eens in.'

Ze glimlachten naar elkaar, en toen boog May zich voorover en legde met een zucht van vermoeidheid haar voorhoofd op Heleens hand.

Vlak bij haar oor klonk de stem van Heleen, zacht: 'Herinner je je de woorden nog die ik voor je op het servetje heb geschreven, over vergeven en vergeven worden?'

Ze tilde haar hoofd op en keek Heleen aan.

'Ja... nee... Sorry... Ik heb al zo lang niet meer gebeden.'

Heleen drukte haar hand nog wat vaster op de hare en stond op.

'Heb geduld met jezelf. Zelfkennis is een groot goed, maar van zelfhaat is nog nooit iemand beter geworden.'

May slikte. Ze keek over haar schouder, naar de deur die halfopen stond. Buiten was het nog licht, als ze nu wegging zou ze voor het donker thuis zijn. Ze aarzelde.

'Kan ik hier nog even blijven zitten, denk je?'

Heleen gebaarde naar de mannen en vrouwen in andere banken en antwoordde dat de kapel vast nog wel even openbleef. Voor ze wegliep, boog ze zich nog een keer naar haar toe.

'O, ja... wat ik me nog afvroeg... Net toen ik je verhaal over Floris en die andere vrouw aanhoorde dacht ik: is het waar?'

'Is wat waar?' fluisterde May terug.

'Is het waar van Melissa? Van hun verhouding?'

En weg was ze.

Roerloos bleef May in de bank achter. Of het waar was? Ze hoefde het bericht dat hij de ochtend van Françoises aankomst gestuurd had niet opnieuw te lezen om te weten wat erin stond. Hij had het ontkend. Het daaropvolgende bericht en die daarna had ze niet geopend maar ook niet verwijderd. Alle vijf stonden ze in haar telefoon, in de tas aan haar voeten.

Schichtig keek ze om zich heen, en toen naar voren, naar het kruis boven het altaar. Vlug schoof ze de bank uit en verliet de kapel. Buiten, op een muurtje, klikte ze de opgeslagen berichten een voor een aan.

– *Het is niet waar, dat weet je toch, liefs Floris.*

– *Bel me! Laat het me uitleggen.*

– *We zijn gezien. 2 x. Fr. denkt dat het om een andere vrouw gaat.*

– *Als ik haar die ander uit het hoofd praat verraad ik ons. Want wie heb ik dan gezoend in de auto in*

Gervais? Met wie ben ik dan gezien op de trap in de
tuin in Chouvigny?
– Françoise lijdt eronder dat ik maar niks zeg. Wat
moet ik doen?

Ze kwam langzaam overeind en ging de kapel weer
binnen. Ze kon nog niet naar huis, ze moest alleen
zijn. De kapel was al iets leger, de vrouw in de groene
lakjas stond bij een Mariabeeld in een hoek en stak
twee waxinelichtjes aan. Een jonge man zat te lezen,
het meisje achter hem was in gebed of gedachten ver-
zonken.

May schoof in een bank, iets dichter bij het altaar,
knielde neer en keek stil voor zich uit.

Er was geen ander, ik ben die ander, er is geen Melissa, Melissa bestaat niet of ze bestaat wel maar is
niet die ander, dat was ik, ik ben Melissa.

'U wist het,' zei ze na een poosje, 'al die tijd al. Had
u dat niet even kunnen laten weten? Waar was dat
goed voor?'

En toen ze de vraag voor zichzelf beantwoordde,
tegenstribbelend want niemand geeft graag toe van
hoe ver hij komt, kreeg ze het gevoel dat er naar haar
geglimlacht werd.

Op het gelaat van Christus was niets veranderd,
zijn ogen waren nog altijd gesloten, de lippen een
dunne streep pijn. De Surinaamse stond met haar
rug naar het middenschip, in de nis bij de zee van

lichtjes, en bad de rozenkrans. Zacht getik van kraal tegen kraal. Niemand hier lette op een ander, keek naar een ander, hooguit terloops. Toch voelde ze die glimlach, even liefdevol als spottend, van iemand die haar beter kende dan zij zichzelf kende.

Terwijl ze terugglimlachte, was het alsof er een hand over haar gezicht streek en de glimlach werd een gloed die door haar hele lichaam trok. Er was geen onderscheid meer tussen haar lichaam en de ruimte, en alles wat zich in die ruimte bevond en wie daar nog was. Geen afstand. Er was alleen een gloed, in haar en om haar heen, een vlam waar de laatste resten pijn en schaamte op afvlogen, als motten, en in verbrandden.

*

Hoelang ze daar gezeten heeft, weet May niet maar als ze de kapel verlaat zijn alle banken leeg. Ze heeft geen voetstappen gehoord, geen deur die open- en dichtgaat, geen kuchje van iemand die om de hoek kijkt of die ene vrouw er nog steeds zit. Buiten in het Begijnhof slaat het acht uur.

Pas als ze de sleutel in het slot van de voordeur steekt, vraagt ze zich af of Pieter niet erg ongerust zal zijn. In de haast om de oude berichten van Floris te lezen, is het haar vast ontgaan dat Pieter geprobeerd heeft haar te bereiken.

Ze treft hem aan in zijn werkkamer. Hij zit te lezen; naast hem op de grond staat een dienblad met een leeg bord. Voor ze kan zeggen waar ze geweest is kijkt hij op zijn horloge, verbaasd dat het al zo laat is. Rond halfzeven is hij hier gaan zitten en in zijn boek verdwenen. Verwonderd kijkt hij haar aan, nee, hij heeft zich niet afgevraagd waar ze zo lang bleef.

'Alles goed met je?' vraagt hij.

'Ja… ja.'

'Heb je al gegeten?'

'Nee, maar dat komt zo wel.'

Ze gaat tegenover hem zitten en vertelt hem wat haar in de kapel is overkomen.

VERANTWOORDING

Zondagavond

Plaats van handeling: een appartement aan de Churchill-laan in Amsterdam. Tijd: september, begin jaren negentig. Personages: Robert Blauwhuis, weduwnaar; Freeke, zijn dochter; Mila Salomons, de vrouw die hij in de oorlog in veiligheid heeft gebracht. De vrouwen mijden elkaar als waren zij rivalen in de liefde.

'Je kunt je dankbaarheid niet in een gat gooien,' schrijft Robert in een brief aan zijn dochter. Hij heeft zijn leven lang verzwegen wat er gebeurd is toen hij als tweeëntwintigjarige student Mila, toen nog een baby, naar een onderduikadres bracht. Door een gelukkige samenloop van omstandigheden – 'of moet ik het een wonder noemen?' – heeft hij haar kunnen redden. Op een zondagavond lukt het hem eindelijk zich uit te spreken. Hij beseft nog maar nauwelijks wat hij al pratende heeft ontdekt, als hem iets overkomt wat hem opnieuw de mond snoert. Dan zijn de vrouwen aan elkaar overgeleverd, en hij aan hen.

VONNE VAN DER MEER

De vrouw met de sleutel

Vrouw, 59, moederlijk voorkomen, brede heupen, prettige stem, komt u voor het slapen instoppen en voorlezen. Discr. verz. Beslist geen seks. bedoel.

Een vrouw blijft na de plotselinge dood van haar man berooid achter. Ze moet geld verdienen en plaatst een advertentie. Haar werk voert haar naar de slaapkamers van de meest uiteenlopende mensen: een elfjarig meisje, een stewardess, een veertigjarige werkloze man. Meer en meer raakt ze bij haar klanten betrokken.

De vrouw met de sleutel gaat over onze onstilbare honger naar verhalen, en wat een verhaal in een leven teweegbrengt.